Miriam Kröger

Winternacht

Für Mike

Du hast die Geschichte zum Leben erweckt

Miriam Kröger

Winternacht

Bibliografische Information der Deutschen Nationalbibliothek:
Die Deutsche Nationalbibliothek verzeichnet diese
Publikation in der Deutschen Nationalbibliografie;
detaillierte bibliografische Daten sind im Internet
über http://dnb.dnb.de abrufbar.

TWENTYSIX – Der Self-Publishing-Verlag
Eine Kooperation zwischen der Verlagsgruppe Ran-
dom House und BoD – Books on Demand

© 2017 Miriam Kröger

Herstellung und Verlag:
BoD – Books on Demand, Norderstedt

ISBN: 978-3-740-73201-1

Umschlagabbildung:
Mond-Winter; www.pixabay.de

Es war eine klare Winternacht, und George saß in seiner dicken Winterjacke auf der Bank vor der Hütte. Er hatte sich seinen warmen Schal und seine Handschuhe angezogen, was er eigentlich nie tat. Aber heute wollte er den klaren Sternenhimmel genießen. Er brauchte Zeit für sich und hatte somit alles für die kommenden Stunden auf der Bank vorbereitet. Im Ofen der Hütte knisterte ein Feuer, das ihn später wieder aufwärmen würde. Ansonsten brannte kein einziges Licht um ihn herum.

Lange hatte er auf diesen Tag gewartet. Er wollte fliehen, aus seinem Leben ausbrechen. Aber zuerst brauchte er Klarheit über das, was er wirklich wollte, was er brauchte, um glücklich zu sein.

Ein Freund hatte ihm diese Hütte empfohlen. Er selbst war bereits dort gewesen, als es ihm in seinem Leben zu viel wurde. Sie war sehr gut ausgestattet mit allem, was man für eine Woche Einsamkeit benötigte. Die Eigentümer kümmerten sich liebevoll und mit einem guten Gespür für Details um die Vorbereitung. Der Kühlschrank war mit Lebensmitteln gefüllt, ebenso die kleine Vorratskammer. Man hatte George vor seiner Abreise gefragt, welche Speisen er am liebsten essen würde - und genau dafür war eingekauft worden. Der Wassertank war gefüllt, sodass er gleich nach seiner Ankunft eine entspannende heiße Dusche nehmen konnte. George sollte zwei Stunden vor seinem Eintreffen bei den Vermietern anrufen, und als er ankam, wusste er auch, aus welchem Grund. Es war bereits jemand vor ihm da gewesen, um ein Feuer im Ofen anzuzünden, damit die Hütte bereits wohlig warm war, als er eintraf. Es war sehr behaglich, zwar klein, aber doch zum Wohlfühlen. Und was brauchte er schon? Er war gekommen, um in der Einsamkeit zu sich selbst zu finden.

Die Ruhe tat ihm jetzt gut. Wieder blickte George hinauf in den Sternenhimmel und freute sich, dass der Mond noch nicht aufgegangen war. Normalerweise liebte er es, die große leuchtende Scheibe zu sehen, die immer höher an den Himmel stieg. Doch heute würde das Licht nur vom Funkeln der Sterne ablenken. Ihm kam plötzlich ein Gedanke: Wann hatte er das letzte Mal einfach nur dagesessen und den Himmel betrachtet? Wann hatte er überhaupt einfach nur dagesessen und nichts getan? Die letzten Monate, ja sogar die letzten Jahre war er getrieben worden von einer Suche und von der Hektik des Alltags. Er konnte die Stille um sich herum nicht ertragen. Noch weniger konnte er ertragen, nichts zu tun. Wenigstens Musik hören - besser noch, die Laufschuhe anziehen und draußen eine große Runde drehen.

Doch in letzter Zeit verspürte George immer mehr den Wunsch nach Ruhe. Er wollte endlich wissen, wie es tief in seinem Innern aussehen würde, wenn alles still wird. Er wollte seine eigene innere Stimme kennenlernen. Und das ging nur, wenn die Stimmen im Außen endlich ruhig würden. Die Stimmen, die immer so genau wussten, was für ihn gut wäre - was er besser tun oder auch nicht tun sollte. Die Stimmen, die ihn analysierten, die mit aller Macht zu seinem Herzen vordringen wollten. Dabei wusste er doch selbst nicht einmal genau, was in seinem Herzen vorging. Die meiste Zeit des Tages hielt er es verschlossen - für sich und die Menschen um ihn herum.

Und nun wollte George es endlich kennenlernen. Aber dafür musste er allein sein. Diese Erfahrung wollte er allein machen. Er konnte sie nachher immer noch mit anderen teilen, davon erzählen; nur jetzt brauchte er die Einsamkeit. Wer wusste, was er finden würde? Ohne einen anderen Menschen konnte er in dieser Situation sein, wie er wirklich war. Er musste sich nicht verstellen, um zu gefallen. Mit diesen Gedanken blickte George noch einmal in den leuchtenden und funkelnden Sternenhimmel.

Auf einmal merkte er, dass die Kälte trotz warmer Kleidung nun doch in seinen Körper gekrochen war und er sehr fror. Somit ging er ins Haus und setzte sich vor den Ofen. Da er mehrere Stunden draußen verbracht hatte, war nur noch ein Haufen Glut übrig.

Er legte neues Holz nach bis die Flammen wieder loderten und das Feuer im Ofen knackte.

Es war Zeit, ins Bett zu gehen, und George fiel in einen tiefen, traumlosen Schlaf.

Am nächsten Morgen erwachte er sehr früh, legte Holz nach und schaute aus dem Fenster. Was er dort sah, verschlug ihm den Atem. Als die Sonne langsam über die Bergkuppen stieg, färbte sich der schwarze Himmel am Horizont glutrot. In eine Decke gehüllt trat George vor die Tür, um die Schönheit dieses Augenblicks zu genießen. Es hatte etwas Mystisches, wie sich das Rot und Orange immer weiter ausbreitete, und der Himmel von Tiefschwarz, über Dunkelblau zu einem hellen Türkis wechselte.

Ganz erfüllt von diesem Anblick bereitete George sein Frühstück zu und überlegte, was er bei dem herrlichen Tag tun sollte. Sein Handy lag ausgeschaltet in der Kommode, und er wusste auch gar nicht, ob er hier oben Empfang haben würde. Somit schob er den Gedanken beiseite, noch einmal schnell zu hören, ob zuhause alles in Ordnung war. Er war schließlich hier, um sich nur um sich selbst zu kümmern. Sollte ein Notfall eintreten, wüssten seine Vermieter, wo er zu finden war. Also blieb ihm nur noch, das Buch zu lesen, das er mitgebracht hatte und vorher schon seit Jahren unberührt zuhause im Schrank stand oder nach draußen zu gehen, um die Natur zu genießen. Er entschied sich für einen Spaziergang im Schnee. Lesen konnte er auch noch am Abend, wenn es dunkel war und er gemütlich vor dem Kamin saß.

Sorgfältig packte George seinen Rucksack und ging noch einmal in Gedanken durch, ob er auch nichts vergessen hatte: eine Kanne Tee zum Aufwärmen, Brote, etwas Obst und - ganz wichtig - eine Karte mit Kompass, falls er sich verlaufen sollte. So ausgestattet stapfte er durch den Schnee. Die Sonne tat ihm gut, als sie ihm wärmend ins Gesicht schien. Der Schnee glitzerte und funkelte, und die Luft war herrlich klar. George schaute sich um und überlegte kurz, welche Richtung er einschlagen sollte. Direkt vor ihm fiel der Weg ab und führte an verschneiten Wiesen und Feldern vorbei; doch George zog es in Richtung Wald. Also folgte er diesem Impuls und ging los. Er sog die Energie der Landschaft förmlich in sich auf. Es war schön, zu sehen, wie das Licht der Sonne durch die kargen Bäume fiel. Hin und wieder sah er ein paar Vögel und frische Spuren von Rehen oder Hirschen im Schnee; so genau wusste George es nicht.

Nach einer Weile kam er auf eine Lichtung und suchte sich einen schönen Platz zum Ausruhen. Er setzte sich auf einen umgekippten Baum und genoss sein Mittagessen. Die belegten Brote taten ihm nun richtig gut.

Plötzlich hörte er ein Knacken hinter sich und drehte sich erschrocken um. Dabei sprang er auf und warf seinen Teebecher um. Etwa zwanzig Meter von ihm entfernt stand eine Frau, die entschuldigend ihre Hände hob und ihn offen anlächelte.

„Entschuldigen Sie, ich wollte Sie nicht erschrecken. Eigentlich wollte ich Sie gar nicht stören und mich an Ihnen vorbei schleichen", sagte sie lachend.

George konnte nicht anders und musste ebenfalls lachen, obwohl er auch verärgert darüber war, in diesem besonderen Augenblick gestört zu werden.

„Na, das ist Ihnen nicht wirklich gelungen", erwiderte er, nun grinsend.

Die Frau kam auf ihn zu, zog ihren rechten Handschuh aus und streckte ihm die Hand entgegen.

„Ich bin Sarah. Und Sie?"

Hastig zog auch George seinen Handschuh aus und schüttelte ihre Hand.

„Ich bin George... Ähm, was machen Sie eigentlich hier, wenn ich fragen darf?!"

„Außer arglose Menschen erschrecken, die in der Gegend herumträumen? Na, spazieren gehen, was dachten Sie denn?"

„Ja schon, aber wie kommen Sie denn hierher? Ich dachte, die Hütte, in der ich wohne, ist die einzige in der Gegend. So einsam, dass man keinen Menschen trifft."

Da lachte Sarah erneut.

„Das stimmt. Die Hütte ist einsam, aber doch sehr gut mit dem Auto zu erreichen. Finden Sie nicht?"

George wusste nicht, was er von der fremden Frau halten sollte. Offenbar machte sie sich über ihn lustig. Und vor allem sorgte sie dafür, dass er nun nicht mehr allein war. Genervt setzte er sich wieder auf seinen Baumstamm. Vielleicht würde sie dann merken, dass sie unerwünscht war, ihren Spaziergang fortsetzen und ihn in Ruhe lassen. Doch das tat sie nicht. Im Gegenteil. Sarah verstand seine Geste offenbar als Einladung und setzte sich zu ihm. Sie packte ihr eigenes Mittagessen aus und schien es sich neben ihm gemütlich machen zu wollen.

‚Na dann‘, dachte George bei sich. ‚Was soll ich mir den schönen Tag verderben, indem ich mich über diese Frau aufrege? Besser ich sage nichts und bleibe höflich, dann wird sie schon wieder gehen.‘

Auch Sarah sagte kein Wort. Schweigend saßen sie nebeneinander, aßen ihre Brote, tranken Tee und betrachteten die Landschaft. George begann, sich wieder zu entspannen; er empfand Sarahs Anwesenheit nicht mehr ganz so aufdringlich, wie am Anfang. Irgendwie war es nett, neben jemandem zu sitzen und etwas Alltägliches zu tun, wie essen, und dabei nicht gezwungen zu sein, ständig zu sprechen. Er sah Sarah an, und sie erwiderte seinen Blick. Beide lächelten und schauten wieder auf den glitzernden Schnee.

Nach einer Weile hatten sie aufgegessen und packten ihre Rücksäcke zusammen. Sie standen auf, und George merkte, dass ihm unbehaglich wurde.

„Na dann", war alles, was ihm nun einfiel.

„Na dann", sagte auch Sarah.

So standen sie voreinander und sahen sich in die Augen. Schließlich wandte Sarah den Blick ab und drehte sich zum Gehen.

Doch sie zögerte, drehte sich wieder um und fragte: „Darf ich Ihnen einen schönen Weg zeigen, den ein normaler Besucher niemals findet, weil er Angst hat, sich zu verlaufen?"

George grinste, irgendwie erleichtert über diese Frage und die Aussicht, noch ein wenig Zeit mit dieser interessanten Frau zu verbringen.

„Na klar", meinte er, „aber nur, wenn wir das förmliche Sie vergessen."

„In Ordnung", sagte sie und lachte.

Dann deutete sie auf einen kleinen Weg schräg rechts vor ihnen, der George gar nicht aufgefallen wäre.

„Wir müssen dort entlang. Dann bekommen wir einen traumhaften Ausblick aufs benachbarte Tal."

George hob fragen die Augenbrauen. „Da lang?"

Er konnte kaum erkennen, wie es nach den ersten Metern weitergehen sollte. Der Pfad schlang sich direkt um eine Kurve und verschwand hinter den Bäumen. Doch falls die Frau ihn reinlegen wollte, hatte er ja immer noch seine Karte und den Kompass; er würde schon zur Hütte zurückfinden.

„Also gut", meinte er und folgte der wartenden Sarah den schmalen Weg entlang.

Unterwegs schwiegen sie wieder, und George nahm die gesamte Landschaft in sich auf. Er fühlte sich irgendwie lebendig; ob das mit der Natur oder eher mit der Frau zusammenhing, die vor ihm herlief, vermochte er nicht zu sagen. Jedenfalls genoss er es, durch das Dickicht und über den gewundenen Pfad geführt zu werden ohne ständig auf seine Karte schauen zu müssen.

Ganz unvermittelt sagte Sarah: „George - weshalb hast du diesen Namen?"

George war verwirrt. „Ich verstehe nicht, worauf du hinaus willst."

„Naja, wirklich englisch siehst du nicht aus, und du sprichst akzentfrei Deutsch. Daher wundert es mich."

Da musste George schmunzeln.

„Ach so. Wie soll ich sagen, mein Vater ist ein großer England-Fan. Keine Ahnung, wieso. Und als ich geboren wurde, hat er Mutters schwachen Moment genutzt und mich George genannt. Sie wollte mich eigentlich David nennen. Aber du siehst, wer schlussendlich gewonnen hat."

Sarah begann, herzhaft zu lachen, und auch George lachte und wunderte sich, weshalb er dieser Frau so private Dinge erzählte. Er hatte schon lange nicht mehr an diese Geschichte gedacht. Und obwohl er seinen Namen als Kind wenig mochte, fand er ihn inzwischen recht gut. Er machte ihn zu etwas Besonderem.

Wieder gingen sie wortlos hintereinander her, bis Sarah abrupt stehen blieb und einen Finger auf die Lippen legte. Dabei fasste sie Georges Arm und zog ihn näher zu sich heran. Nicht weit entfernt standen am Rande einer Lichtung ein paar Rehe, die an einer Futterstelle fraßen. Sie hatten George und Sarah offenbar noch nicht bemerkt und fraßen in aller Ruhe weiter. Sie beobachteten die Tiere eine Weile bis diese schließlich - eins nach dem anderen - von der Futterstelle verschwanden.

Nach ein paar Gehminuten lichteten sich die Bäume, und George befand sich an einem steilen Abhang, der den Blick auf eine atemberaubende Natur freigab. In weiter Ferne konnte er ein paar Häuser im Talkessel erkennen, und auf der gegenüberliegenden Seite ragten erneut schneebedeckte Berge in die Höhe, deren Spitzen in den Wolken verschwanden. George kam sich auf einmal ziemlich klein und unbedeutend vor, wie er so vor den riesigen Bergen stand. Und zugleich hatte er das Gefühl, ein Teil des Ganzen zu sein. Sarah setzte sich auf eine Bank in der Nähe und bedeutete George, neben ihr Platz zu nehmen. Dann holte sie ihren Tee samt Tasse aus dem Rucksack, und George tat es ihr gleich.

„Woher kennst du diesen Platz, Sarah?", fragte er.

„Es ist wunderschön hier, nicht wahr?!", erwiderte sie.

Ja, es stimmte. Es war wirklich wunderschön hier.

Sie schwiegen eine Weile, dann fragte Sarah: „Was ist deine zentrale Frage im Leben, auf die du hier eine Antwort suchst?"

George blickte sie verwundert an, denn er hatte gerade wirklich an sein dringendstes Problem gedacht: wie wollte er in Zukunft weiterleben? Dennoch konnte Sarah unmöglich seine Gedanken erraten haben - oder konnte sie doch?

„Woher weißt du, worüber ich gerade nachgedacht habe?" fragte er daher vorsichtig.

Sie lachte: „Oh, das wusste ich nun wirklich nicht. Also, ich kann keine Gedanken lesen, falls du das denkst. Aber die Hütte, in der du wohnst, hat - wie soll ich sagen - ihren eigenen Zauber. Die Menschen kommen hierher, um zur Ruhe zu kommen und sich Klarheit über bestimmte Themen in ihrem Leben zu verschaffen. Zumindest, wenn sie alleine sind. Andere versuchen hier, ihre Beziehung neu zu beleben. Und da du alleine bist, gehe ich davon aus, dass du der Sinnfrage in deinem Leben nachgehen willst."

Sarah sah ihn an und grinste. „Na, wie war ich? Habe ich recht?"

George überlegte, was er sagen sollte und antwortete schließlich: „Nicht so ganz. Es ist irgendwie ein bisschen von beidem."

Da zog Sarah fragend die Augenbrauen hoch. Doch George wusste nicht, ob er sich der fremden Frau anvertrauen sollte oder nicht. Sie gab ihm das eigenartige Gefühl, sich direkt wohl zu fühlen, und er hatte auch den Eindruck, sie sei eine gute Zuhörerin. Aber er wollte doch erst einmal selbst einen klaren Kopf bekommen, bevor er mit einem anderen Menschen darüber sprach. Sarah schien sein Zögern zu verstehen, nickte nur und blickte wieder auf das Tal und die Berge dahinter.

Plötzlich sah George einen Adler kreisen. Da sie sehr hoch lagen, war er fast auf Augenhöhe mit ihnen. George bekam einen Knoten im Bauch und wollte sofort mit dem Vogel tauschen, der einfach nur seine Kreise zog und seine Freiheit genießen konnte - ohne Termindruck, Rechtfertigungen, und vor allem ohne Sorgen über seine Zukunft. Auch George würde am liebsten einfach nur das Leben genießen, die Arme ausbreiten und frei durch die Luft segeln; einfach nur den Augenblick einsaugen, bis es Zeit würde, die nächste Beute zu fangen. Dieses Leben, ein Leben ohne Gedanken und Verpflichtungen, schien ihm auf einmal so unendlich erstrebenswert. Er seufzte tief und sah aus dem Augenwinkel, dass Sarah vor sich hin lächelte.

Sie war seinem Blick gefolgt und schien erneut zu wissen, was er dachte und was er empfand. Ein seltsames Gefühl durchfuhr ihn: eine Mischung aus Freude und Genervtheit - Freude, da es offenbar jemanden gab, der ihn wortlos verstand und Genervtheit, da es jemanden gab, der ihn schneller verstand als er sich selbst. Er wollte diese Frau nun doch loswerden, da sie ihn verwirrte und er doch eigentlich klarer sehen wollte. Daher trank er seinen Tee in einem Zug aus, schraubte den Deckel auf die Thermosflasche, verstaute sie im Rucksack und stand energisch auf. Sarah hingegen packte in aller Seelenruhe zusammen und folgte George langsam, der schon ein paar Meter voraus war.

„Ähm, George", rief sie ihm hinterher.

Mit einem verärgerten Blick drehte er sich um. „Ja?"

„Du gehst in die falsche Richtung."

George schaute sich um. Sie waren doch aus dieser Richtung gekommen. Und da er sich nicht verlaufen wollte, hatte er vor, den gleichen Weg zurück zu gehen.

Sarah sah ihn unbeirrt an und sagte: „Wir sind zwar von dort gekommen, aber da es schon spät ist, zeige ich dir einen kürzeren Weg zur Hütte. Ich nehme an, du hast nicht vor, im Wald zu übernachten. Wenn wir hier lang gehen, schaffen wir es noch, vor Sonnenuntergang zurück zu sein."

Sie deutete auf einen Weg in entgegengesetzter Richtung.

‚Na toll‘, dachte George und verdrehte innerlich die Augen.

Er wollte wirklich nicht im Wald übernachten, aber Sarah zu folgen würde bedeuten, dass sie die nächsten zwei Stunden gemeinsam verbringen würden.

Als Sarah seinen Gesichtsausdruck sah, lachte sie und sagte nur: „Keine Sorge, ich schweige wie ein Grab und verspreche, keine persönlichen Fragen zu stellen!"

Da musste selbst George lachen, nickte zustimmend und folgte ihr auf dem schmalen Weg.

Sie kamen gut voran, und da Sarah die Führung übernahm, konnte sich George wieder ganz auf seine Umgebung konzentrieren. Er sog die klare Luft tief durch die Nase ein und atmete geräuschvoll aus. In diesem Augenblick fühlte er sich ein wenig wie der Adler, den er vorhin gesehen hatte: frei und völlig losgelöst von jeglicher Verantwortung. Während jeder seinen Gedanken nachhing, ging die Sonne langsam unter und färbte den Himmel in leuchtendes Orange und Rot. Die Berggipfel, die durch die Bäume blitzten, sahen aus, als stünden sie in Flammen.

Endlich erreichten sie den Waldrand vor der Hütte und konnten gemeinsam die letzten Strahlen der Sonne genießen. Dann drehte Sarah sich um und ging auf ihren Wagen zu. Sie hatte ihn tatsächlich gleich neben Georges Auto geparkt. In diesem Augenblick durchfuhr George ein Schreck. Ihm war klar, dass er die Frau, mit der er den halben Tag schweigend verbracht hatte, nie wiedersehen würde, wenn er sie nun in ihrem giftgrünen Auto davonfahren ließ.

Einem inneren Impuls folgend rief er: „Sarah, hast du heute Abend schon etwas vor?"

Sie drehte sich um und sah ihn direkt an, mit sehr schönen, offenen und klaren Augen, wie er fand. So etwas sah man selten; als würde sie in ihn hineinschauen können. „

Nein", erwiderte sie. „Wieso fragst du?"

„Naja, ich wollte gleich etwas kochen und dachte, wenn du Zeit hättest, könntest du mir vielleicht Gesellschaft leisten."

Sarah schloss ihren Wagen ab und ging auf George zu, der bereits an der Tür zur Hütte angekommen war.

Dabei sagte sie: „Ich finde es auch schöner, gemeinsam zu kochen. Und zuhause wartet nur ein Auflauf von gestern auf mich, den ich vor dem Fernseher essen wollte. Was hast du denn für heute geplant?"

Während George die Tür öffnete, entgegnete er: „Ach, nichts Besonderes: Spinatnudeln mit Salat. Vielleicht finde ich im Kühlschrank auch eine Flasche Weißwein."

Sie betraten die Hütte, und Sarah sah sich staunend um.

„Ich war noch nie hier drin und muss sagen, sie ist größer als sie von außen erscheint."

Sie schlenderte durch den Raum.

„Sehr gemütlich eingerichtet."

Als ihr Blick auf den erloschenen Ofen fiel, fragte sie: „Soll ich?"

„Oh Gott, nein. Das wäre ja noch schöner. Du bist mein Gast und darfst nichts tun als dich hier hinzusetzen."

Mit diesen Worten ging George zu einem Sessel und klopfte auf die Lehne.

Sarah neckte ihn: „Wenn ich da oben sitzen soll, wird es auf Dauer aber anstrengend, das Gleichgewicht zu halten. Da kümmere ich mich lieber in der Küche um den Salat."

„Ha, ha", erwiderte George und sah zu, wie sie ihre Jacke, Schal und Mütze auszog und an die Garderobe hing.

Dann widmete er sich grinsend dem Ofen.

‚Diese Frau trifft also auch noch meinen Sinn für Humor‘, dachte er, als er die Asche zusammenfegte und Holz für ein neues Feuer nachlegte.

Sarah zog ihre Schuhe aus und kramte in ihrem Rucksack. Schließlich holte sie ein paar dicke Socken heraus.

Als George das sah, meinte er: „Bist du immer so vorbereitet, wenn du im Wald spazieren gehst?“

Lachend sagte Sarah: „Selbstverständlich bin ich immer vorbereitet, egal wo ich bin.“

George brauchte nicht lange, um das Feuer im Ofen erneut zu entfachen. Knisternd loderten die Flammen und flackerten hinter der Glasscheibe.

„Gleich wird es wieder warm. Es dauert nicht lange“, sagte er aufmunternd, als er sah, dass Sarah sich die Hände rieb.

„Das ist gut“, meinte sie lächelnd. „Ich hasse es, zu frieren.“

George reichte ihr eine Decke, die sie jedoch ablehnte.

„Wie soll ich denn damit den Salat zubereiten?“ fragte sie grinsend.

Also gab George sich geschlagen und folgte Sarah in die Kochnische. Er brachte ihr alles, was sie für den Salat benötigte. Dann holte er aus dem Kühlschrank eine Flasche Weißwein, entkorkte ihn, goss ihn in zwei Gläser und reichte Sarah eins.

Sie sah den Wein eine Weile an, nahm einen Schluck und stellte zufrieden fest: „Mhm, der schmeckt wirklich sehr gut.“

Sie schloss die Augen und spürte dem Geschmack noch einmal nach.

‚Eine wirklich merkwürdige Frau‘, dachte George, ‚dass sie etwas so einfaches, wie einen mittelklassigen Wein zu solch einem Genuss werden lässt.‘

Er nahm selbst einen Schluck und versuchte, das Gleiche in dem Wein zu erkennen, wie Sarah, aber es gelang ihm nicht. Sicher, er schmeckte ganz gut, aber George hatte auch schon bessere getrunken. Wenn sie allerdings schon den Wein so genoss, konnte er Glück haben, dass sie seine Nudeln ebenfalls mochte. Die Vorstellung, wie sie nach dem ersten Bissen, die Augen schloss und seufzte, ließ ihn kurz auflachen.

Sarah blickte ihn an. „Weshalb lachst du?“

„Ach, nichts. Ich habe nur noch keinen Menschen gesehen, der einen mittelklassigen Wein derart genießt wie du.“

„Dieser Wein ist Spitzenklasse - jedenfalls, wenn du ihn dazu machst“, entgegnete sie ernst.

George kam es in dem Moment so vor, als hätte er bei Sarah einen Nerv getroffen. Er wollte sie nicht verärgern, und als er sah, dass sie wieder lächelte, wusste er, dass sie ihm nicht böse war.

Deshalb fragte er: „Wie machst du das?“

„Ist doch ganz logisch", sagte sie wieder in ernstem Ton, als schiene es ihr sehr wichtig, dass er sie verstand.

„Alles ist so gut, wie es in deinen Augen sein kann. Es hängt mit deiner Erwartung an die Dinge zusammen."

Sie hielt kurz inne und sah ihm fest in die Augen.

„Was hast du getan, als du den Wein aus dem Kühlschrank geholt hast?"

„Ich habe das Etikett gelesen."

„Und aus welchem Grund?"

„Ich wollte sehen, aus welcher Rebsorte der Wein gewonnen wurde, woher er stammt und welcher Jahrgang es ist."

„Und warum?"

„Weil... weil..." George suchte nach den richtigen Worten für seine Erklärung.

„Weil du wissen wolltest, ob es ein guter Wein ist", half Sarah ihm.

„Stimmt", erwiderte George.

„Und was hat dir das Etikett verraten?" fragte Sarah.

„Dass es ein Wein der Mittelklasse ist", gab George zurück.

„Aha", sagte Sarah. „Also hast du erwartet, der Wein müsse unbedingt so schmecken, wie mittelklassige Weine eben schmecken. Du hast ihm nicht die

Chance gegeben, ein erstklassiger Wein zu sein - einfach weil du sein Etikett gelesen hast."

George dachte nach. Sie hatte recht mit dem, was sie sagte; aber was hatte sie denn anders gemacht, damit es ein so offensichtlicher Genuss für sie würde?

Daher fragte er: „Was hast du denn getan, dass er dir so viel besser schmeckt als mir?"

„Ganz einfach", sagte sie lächelnd. „Ich habe ihn angesehen und mich als erstes über seine schöne helle Farbe gefreut. Er erinnert mich an eine Wasserquelle etwas weiter den Berg hinauf, im Felsen. Dann dachte ich, wie schön es doch ist, jetzt einen tollen Schluck Wein zu trinken. Und nach so einem herrlichen Spaziergang durch den Wald und dem atemberaubenden Sonnenuntergang ist es doch nur logisch, dass auch dieser Wein ein Fest für die Sinne sein würde. So habe ich ihn auch behandelt."

„Aber er hätte auch furchtbar schmecken können", gab George zu bedenken.

„Ja, da hast du recht. Das wäre dann sicherlich eine große Enttäuschung gewesen. Aber das Risiko wollte ich gerne eingehen. Denn somit hatte der Wein die Chance, mir zu zeigen, was in ihm steckt."

„Willst du damit sagen, dass das Ergebnis von etwas nur damit zusammenhängt, welche Erwartung wir daran knüpfen?"

George verstand noch nicht so ganz, wohin diese Weindiskussion führen sollte und ob er überhaupt wissen wollte, wonach er da gerade fragte.

„Nein", entgegnete Sarah ernst, aber ihre blitzenden Augen verrieten ihre Belustigung. „Schlechtes bleibt schlecht. Daran kann man nichts ändern. Aber Mittelmäßiges kann gut werden und Gutes sogar zu etwas Einzigartigem."

Während Sarah die Tomaten schnitt, wanderte ihr Blick wieder durch den Raum. An Georges Laufschuhen blieb er hängen, und sie musste unwillkürlich grinsen.

„Warum grinst du?", fragte George irritiert.

„Du hast Laufschuhe dabei", stellte sie belustigt fest.

„Richtig. Und?" George wusste nicht so recht, worauf Sarah hinaus wollte.

„Hast du schon mal nach draußen gesehen?"

„Ja. Es ist dunkel."

„Das meine ich nicht. Wir haben Winter."

„Ach so." George lachte. „Das stört mich nicht. Winter ist eigentlich eine sehr schöne Zeit zum Laufen - zumindest für mich. Durch den Schnee sieht die Welt viel friedlicher aus, und es ist auch irgendwie stiller als sonst. So als würden alle auf Zehenspitzen gehen. An manchen Tagen höre ich dann nur das Knacken meiner Schuhe auf dem Weg."

George bemerkte, dass Sarah ihn beobachtete.

„Was ist los?" fragte er irritiert.

„Es ist schön, zu sehen, wie deine Augen anfangen zu leuchten, wenn du vom Laufen sprichst. Es muss dir viel bedeuten."

George schaute verlegen zur Seite.

„Ach, es ist doch nichts Besonderes. Aber du hast Recht. Mir ist das Laufen sehr wichtig. Egal, wie es mir vorher geht - ob ich wütend, abgeschlagen oder traurig bin - danach geht es mir wieder besser. Es ist fast so, als würde mit jedem Schritt, den ich mache, mehr Ballast von mir abfallen. Weißt du, was ich meine?"

„Ja, das kenne ich gut. Und es ist wichtig, etwas zu haben, bei dem man den Alltag einfach vergessen und zur Ruhe kommen kann."

George sah Sarah an und fragte: „Was ist es bei dir?"

Sie überlegte kurz und grinste.

„Och, da gibt es sehr Vieles, das mich zur Ruhe bringt. Laufen gehört allerdings nicht dazu. Da muss ich mich zu sehr darauf konzentrieren, dass ich am Ziel ankomme und nicht vorher schon zusammenbreche. Ich gehe lieber zum Spazieren in den Wald oder beobachte einfach die Natur um mich herum. So wie vorhin den Adler, der über dem Tag flog."

Sie widmete sich wieder dem Salat, und George setzte das Nudelwasser auf und schnitt Zwiebeln für die Soße klein.

Während das Essen kochte, nutzten Sarah und George die Zeit und setzten sich vor den Ofen. Beide schauten nur in die Flammen und sagten kein Wort. Wieder empfand George es als sehr angenehm, schweigend neben einer anderen Person zu sitzen. Und auch Sarah schien sich wohl zu fühlen. Ab und an trank sie einen Schluck Wein, und George ertappte sich dabei, wie er aus dem Augenwinkel zu ihr herüber blickte, um zu sehen, ob sie wieder genussvoll die Augen schließen würde. Diese Geste war so einfach - und doch so sinnlich. Aber Sarah schien von den Flammen hypnotisiert zu sein und wirkte, als ob sie die Wärme des Feuers förmlich in sich aufsog.

George schaute auf die Uhr und räusperte sich leise, um Sarah behutsam aus ihren Gedanken zu holen. Sie schaute ihn an, blinzelte ein paar Mal und lächelte ihn mit leuchtenden Augen an.

„Wo warst du denn gerade?", fragte George und stand auf.

„An einem wunderschönen Ort. Meinem Lieblingsplatz", erwiderte sie und folgte ihm zum Tisch.

George schenkte beiden noch Wein nach und befüllte die Teller. Er setzte sich Sarah gegenüber und probierte eine Nudel, um zu prüfen, ob das Essen auch für Gäste genießbar war. Sarah wartete einen Augenblick, dann steckte auch sie sich eine Gabelvoll in den Mund.

Als sie diesmal nicht genussvoll die Augen schloss, durchzuckte George für einen kurzen Moment ein Gefühl der Enttäuschung. ‚Das ist doch verrückt‘, dachte er, verärgert darüber, dass er erwartet hatte, sie würde sein Essen genauso würdigen, wie den Wein.

‚Vielleicht ist ihr Gerede über den Wein auch gar nicht so ernst gemeint, wie sie vorgibt. Oder liegt es an meinen Nudeln? Was hat sie daran auszusetzen? Sie sind doch völlig in Ordnung - mehr noch: ich finde sie richtig gelungen.‘

Jawohl, das waren sie: gelungen!

George steigerte sich so sehr in seinen Ärger hinein, dass er um ein Haar verpasst hätte, wie Sarah sagte: „Mhh, die Nudeln sind sehr lecker! Da hätte mein Auflauf heute Abend nicht mithalten können.“

Mit leicht geöffnetem Mund starrte George sie an. „Entschuldige, was hast du gesagt?“

Sarah sah ihn an. „Lecker - deine Nudeln.“

Dabei wies sie mit der Gabel auf ihren Teller.

George lachte kurz auf und kam sich plötzlich sehr dämlich vor. Warum hatte er sich so in seinen Ärger hinein gesteigert? Und warum hatte er vorschnell über

Sarah geurteilt und ihr keine Zeit gelassen, zu reagieren?

Weil es in seinem Leben häufig so war. Er hatte meist ein vorgefertigtes Bild seiner Erwartungen im Kopf. Und in der Regel reagierten die Menschen auch so, wie er es voraussah. Nur Sarah nicht. Sie schien das Gegenteil von dem zu tun, was George erwartete.

Sarah sah ihn ernst an, dann sagte sie: „Du hättest gerade dein Mienenspiel sehen sollen. Zuerst schienst du voller Erwartungen zu sein, dass etwas Bedeutendes geschieht. Dann warst du irgendwie verärgert oder frustriert, danach belustigt, und schließlich wieder leicht verärgert. Was ist passiert?"

‚Verdammt', dachte George. ‚Kann man mich wirklich so leicht durchschauen oder hat Sarah einfach ein besonderes Talent dafür?'

Er wusste nun nicht einmal, ob er es gut oder schlecht finden sollte, solch ein offenes Buch zu sein.

Daher sagte er nur abwehrend: „Ach, nichts."

„Dein Nichts ist aber sehr gefühlsintensiv. Dann würde ich nur zu gerne wissen, wie du aussiehst, wenn du wirklich etwas auf dem Herzen hast."

Wieder lachte sie ihn offen an und kaute auf einem Bissen Salat.

George bereute ein wenig, dass er Sarah so schroff abgewiesen hatte. Und da er sich in ihrer Gegenwart wohl und entspannt fühlte, gestand er ihr, was ihm durch den Kopf gegangen war. Sarah hörte ihm auf-

merksam zu, und obwohl George hätte schwören können, dass sie ihn am Ende auslachen würde, tat sie
genau dies nicht.

Sie nickte schließlich und sagte: „Verstehe.“

Dann überlegte sie, wie sie ihm antworten könnte,
denn offensichtlich war es ein Problem, das George
schon länger beschäftigte.

"Also, ich sehe das so“, begann sie. „Du hast ein
klares Bild von dir und wie die Welt auf dich reagieren
soll.“

George zog fragend die Augenbrauen hoch.

„Lass es mich erklären“, fuhr Sarah unbeirrt fort.
„Erinnerst du dich an das, was ich dir über den Wein
gesagt habe?“

George nickte.

„Gut. Denn hier ist es ähnlich: du hast erwartet,
dass ich bei deinen Nudeln genauso reagiere wie beim
Wein.“

George nickte verlegen.

„Ja“, gab er zu.

„So. Und dann habe ich deine Erwartungen nicht
erfüllt. Das hat dich enttäuscht, und du hast daraufhin
angefangen, einiges von dem in Frage zu stellen, was
du heute erlebt hast. Du hast mich in Frage gestellt,
und ob ich wirklich nach dem handle, was ich sage.
Und du hast sogar dich und deine Persönlichkeit in
Frage gestellt. Verstehst du, dass ich nichts weiter
getan habe, als deine vorgefertigte Erwartung, wie

deine Zukunft zu sein hat, nicht zu erfüllen. Oder besser gesagt: ich habe sie in gewisser Weise schon erfüllt, aber nicht so, wie du es dir ausgemalt hast."

George brauchte einen Moment, um über diese Worte nachzudenken.

Dann sagte er: „Das stimmt. Du mochtest meine Nudeln, hast es mir aber auf deine Weise gezeigt und nicht so, wie ich es von dir gedacht habe."

„Es ist schon interessant, wie wir uns selbst am besten unglücklich machen können. Jemand macht es anders, als erwartet, und schon brechen unsere Selbstzweifel durch, und wir fühlen uns völlig wertlos."

Sarah schwieg kurz, dann fügte sie hinzu: „Ich gebe zu, das ist jetzt sehr überspitzt dargestellt, aber es gibt sicherlich Situationen, die auch zu diesem Extrem führen."

George erhob sich und räumte den Tisch ab. Dabei fragte er: „Aber woran liegt das?"

Sarah kam mit der Salatschüssel zur Kochnische, deckte sie mit einem Teller ab und verstaute sie im Kühlschrank. „Hauptsächlich daran, dass wir anderen Menschen mehr glauben als uns selbst. Die Meinung der anderen ist uns in der Regel wichtiger als unsere eigene."

„Stimmt", gab George zurück und schaute nachdenklich in den Nudeltopf.

‚Lasse ich mich wirklich so sehr von seiner Außenwelt leiten?‘

Er war schon darum bemüht, ein harmonisches Umfeld zu erschaffen. Aber ihm war nie klar gewesen, dass er irgendwann angefangen hatte, sich mehr um seine Mitmenschen zu kümmern als um sich. Er merkte, dass ihm dieser Gedanke überhaupt nicht gefiel.

‚Was ist denn so schlimm daran, sich um andere zu sorgen und ihnen ein schönes Leben zu ermöglichen?‘, fragte er sich.

„Nichts“, sagte Sarah, die diesmal wirklich seine Gedanken erraten hatte. „Du wunderst dich, was verwerflich daran ist, für andere da zu sein, stimmt's?“

George nickte nur, diesmal weit weniger irritiert als am Nachmittag.

Sarah ging zum Sessel herüber und setzte sich.

Sie schaute eine Weile ins Feuer und sagte: „Es ist völlig in Ordnung, für andere da zu sein, ihnen zu helfen und sie zu unterstützen. Aber es ist eben kein edler Zug, sich selbst dabei zu vergessen und im schlimmsten Fall völlig aufzuopfern.“

„Da hast du recht. Da bleibt man auf lange Sicht auf der Strecke.“

Nachdenklich blickte auch George, der inzwischen auf dem Sofa saß, ins Feuer. ‚Bin ich gerade im Begriff, mich selbst zu verlieren? Es fühlt sich allerdings nicht wie ein Opfer an.‘

Dennoch hatte er in letzter Zeit immer wieder den Eindruck, in seinem Leben zu kurz zu kommen. Und genau aus diesem Grund was er zur Hütte gefahren, um in Ruhe über seine Situation nachzudenken.

Als er Sarah dies sagte, grinste sie ihn an: „Das ist genau das Problem: unser Kopf mit seinen wilden Gedanken. Die kreisen so gerne um die gleichen Themen.“

„Mhm“, George nickte. „Ja, das können sie gut - besonders meine.“

Er lächelte Sarah schief an und schaute wieder ins Feuer.

Nach einer Weile seufzte er und fragte: „Und wie kann ich das ändern? Ich meine, ich denke schon recht lange über festgefahrene Themen in meinem Leben nach, aber ich komme zu keiner richtigen Lösung. Im Moment pendle ich gedanklich von einem Extrem ins andere.“

Wieder seufzte er und zuckte ratlos die Schultern.

„Das ist völlig normal“, antwortete Sarah. „Wenn wir uns auf die Suche nach Antworten machen, neigen wir zunächst dazu, uns die Gegenpole der Möglichkeiten vorzustellen. Aber alles bleibt in den Gedanken hängen, und sie fangen an zu kreisen.“

„Aha", sagte George, der das Ganze noch nicht so richtig verstand.

Sarah lächelte ihn an und fragte: „Was macht jemand, der sich mit dem Auto festgefahren hat?"

„Na, er gibt erstmal Gas, um zu sehen, ob er mit Schwung wieder frei kommt", meinte George.

„Genau", bestätigte sie ihn. „Und wenn er sich dadurch noch fester fährt, weil die Reifen durchdrehen, muss er eben nach anderen Lösungen suchen: vielleicht mit einem Spaten die Reifen freilegen."

„Oder einen Traktor holen, der ihn abschleppt."

George lachte. „OK, das verstehe ich. Aber ich weiß immer noch nicht, wie dieses Beispiel nun mit meinem Leben zusammenhängt."

Sarah antwortete mit einer Gegenfrage: „Was ist denn das Wichtigste für den Autofahrer?"

„Keine Ahnung", George zuckte nur die Schultern und sah Sarah ratlos an.

„Damit der Fahrer seinen Wagen frei bekommt, muss er etwas tun. Stell dir mal vor, er steigt aus seinem Auto aus und beschwert sich nur lautstark darüber, dass sein Wagen feststeckt. Jedem Passanten, der in Hörweite ist, sagt er, wie schrecklich ausweglos die Situation sei. Tagelang bleibt er bei seinem Auto. Zum Glück hat er genug Proviant und eine Decke dabei. So muss er sein Auto wenigstens nicht verlassen, kann darin schlafen und verhungert nicht. Unser Fahrer wird immer betrübter und grübelt und grübelt, aber er weiß einfach nicht, wie es weitergehen soll."

Sarah hielt kurz inne und sah George ernst in die Augen. Dabei verrieten ihre zuckenden Mundwinkel, dass sie sich ein Lachen kaum noch verkneifen konnte.

George grinste sie an und sagte: „Das ist aber ein selten dämlicher Autofahrer. Warum legt er nicht einfach seine Fußmatten unter die Reifen, setzt sich ans Steuer, startet den Motor und gibt Gas?"

„Gute Frage", lachte Sarah. „Du bringst es auf den Punkt. Ein anderer Fahrer würde dies vielleicht tun. Er würde einfach verschiedene Möglichkeiten ausprobieren, um seinen Wagen frei zu bekommen. Er weiß, was er möchte und probiert so lange, bis etwas funktioniert. Und wie du eben selbst gesagt hast: wenn er nicht mehr weiter weiß, holt er sich Hilfe."

„Trotzdem verstehe ich immer noch nicht, wie mir diese Geschichte bei meinen Problemen helfen soll. Ich meine, bei einem festgefahrenen Auto ist mir das schon klar, aber..." George ließ den Satz in der Luft hängen und blickte wieder ins Feuer.

Sarah schwieg eine Weile, bevor sie sprach.

„Weißt du, George, es geht darum, irgendetwas zu tun. Wenn es etwas gibt, das du erreichen oder haben möchtest, ist es wichtig, in Bewegung zu kommen. Du kannst verschiedene Dinge ausprobieren. Möglicherweise klappt es nicht beim ersten Versuch, aber es ist wichtig, dass du dich nicht einfach mit der Situation abfindest, die dich stört, sondern dass du dich in irgendeiner Weise auf deinen Wunsch zu bewegst."

In dem Moment lachte George verärgert auf. „Ha, du hast gut reden! Du weißt ja gar nicht, wie es in meinem Leben aussieht!"

Er erhob sich und ging durchs Zimmer.

Sarah blieb ruhig in ihrem Sessel sitzen und sagte: „Das ist richtig. Und ich möchte dich weder verletzen noch dir zu nahe treten! Aber das Problem an unseren Problemen ist doch, dass wir Angst haben, etwas zu tun. Diese Angst hat viele Gründe: wir möchten nahestehende Personen nicht verletzen, oder wir scheuen die Veränderung, weil wir nicht kontrollieren können, was sich daraus ergibt. Vielleicht stehen wir nachher schlechter da als vorher."

George, der gerade aus dem Fenster sah, drehte sich abrupt um, und blickte Sarah in die Augen. Er nickte.

„Ja, ich möchte niemanden verletzen."

Sarah sah ihn weiterhin unverwandt an. Dann fragte sie mit Nachdruck: „Und was ist mit dir? Verletzt du dich dadurch ebenfalls nicht?"

George wandte sich wieder ab und schaute weiter aus dem Fenster.

„Doch", sagte er leise. „Ich glaube schon, dass es mich verletzt."

Wieder starrten beide schweigend vor sich hin.

Dann fuhr George fort: „Da ist noch etwas..."

Seine Stimme war kaum hörbar. „Ich weiß nicht, was ich mir vom Leben wünsche."

Er drehte sich zu Sarah um und lehnte sich mit verschränkten Armen gegen das Fenster.

„Verstehst du, Sarah, ich weiß nicht, was ich mir wünschen soll. Bislang dachte ich, ich wüsste es. Ich hatte klare Vorstellungen von meinem beruflichen Weg, meiner Familie, aber jetzt? Mein Leben fühlt sich nicht mehr richtig an. Aber ich weiß nicht, was ich ändern kann. So, wie es ist, bin ich nicht glücklich. Nur... wenn ich es ändere, zerstöre ich womöglich alles, was mir bisher wichtig war."

Er schloss die Augen und atmete tief durch. Dann setzte er sich wieder aufs Sofa. Sarah hatte sich die ganze Zeit nicht bewegt und George aufmerksam zugehört.

Sie wartete, bis er sich wieder gesammelt hatte, bevor sie sprach: „Ich verstehe deine Angst sehr gut. Aber ich kann dir nur sagen, dass es wichtig ist, dass du anfängst, dich selbst und deine Wünsche ernst zu nehmen. Je länger du dich und dein Herz verrätst, desto unglücklicher wirst du."

George trank einen Schluck Wein, dann fragte er: „Und wie kann ich herausfinden, was ich wirklich möchte?"

Sarah lächelte ihn an: „Schön, dass du das fragst. Es gibt verschiedene Möglichkeiten, wie auch der Autofahrer verschiedene Möglichkeiten hatte, seinen Wagen frei zu bekommen. Nicht alle sind passend für dich. Am besten kommst du deinen Wünschen auf die Spur, indem du dich selbst danach fragst."

„Das habe ich schon und bin zu keinem Ergebnis gekommen."

Sarah grinste. „Das dachte ich mir. Gerade, wenn wir nicht gelernt haben, unsere Wünsche wahrzunehmen und zu äußern, finden wir keine Antworten, wenn wir zu direkt danach fragen. Versuch es doch einfach mal mir folgender Frage: Welche Erfahrungen und Situationen in deinem Leben machen dich satt?"

„Spinatnudeln mit Salat", erwiderte George lachend.

„Zum Beispiel." Sarah funkelte ihn an. „Was noch?"

George dachte nach. Was machte ihn satt?

„Was meinst du mit satt?", fragte er schließlich. „Außer Essen fällt mir gerade Nichts ein."

„Mit satt meine ich, dass die Situation dich völlig erfüllt, dich beseelt", erklärte sie. „Weißt du, was ich meine?"

George war noch immer etwas ratlos.

Daher sagte Sarah: „So wie vorhin, als du den Adler beobachtet hast."

George war erstaunt. „Das ist dir aufgefallen?"

„Sicher. So fasziniert, wie du ihn angesehen hast, hätte man meinen können, du breitest auch jeden Moment die Flügel aus und fliegst davon."

George erinnerte sich an den Nachmittag und musste unwillkürlich lächeln. Wieder durchfuhr ihn das Gefühl, ganz eins zu sein mit der Natur und allen Lebewesen.

Dabei musste er offenbar den gleichen Gesichtsausdruck haben wie früher am Tag, denn Sarah sagte begeistert: „Das ist es. Genau dieses Gefühl meine ich mit satt sein."

George überlegte, welche Situationen in seinem Leben ihm ein ähnliches Gefühl gaben. Ein paar fielen ihm ein, obwohl er sie für unbedeutend hielt und auch nicht so genau wusste, wie ihm dies nun weiterhelfen konnte.

Sarah schien seine Gedanken zu erraten und sagte: „Lass die Frage sacken und stell sie dir immer wieder. Du kannst die Antworten auch aufschreiben, damit du sie nicht vergisst. Und wenn du ein paar gesammelt hast, kommt das Wichtigste."

Sie hielt kurz inne, um den folgenden Worten mehr Gewicht zu verleihen.

„Schau genau hin, was diese Erlebnisse und Situationen gemeinsam haben."

„Weshalb?", wollte George wissen.

„Weil das Hinweise auf deine wahren Wünsche liefert", antwortete Sarah. „Wenn du zum Beispiel noch mehr Erlebnisse wie die mit dem Adler aufgeschrieben hast, deutet das daraufhin, dass du jemand bist, der seine Freiheit liebt und vor allem auch Zeit für sich alleine braucht, um Abstand von der Welt zu erhalten."

Sie strich sich eine Haarsträhne aus der Stirn.

„Danach kannst du schauen, wie es in deinem Leben aussieht. Hast du genügend Zeit für dich alleine, und hast du genügend Freiheit? Oder stehst du ständig unter Beschuss, und die Menschen um dich herum sagen dir, was du tun und lassen sollst?"

George nickte nur und ließ Sarahs Worte auf sich wirken. Ganz spontan fielen ihm nun Situationen ein, in denen er in der Tat alleine war oder in seine eigene Welt abtauchte. Das Laufen war so ein Erlebnis: hier ließ er los, konnte Abstand vom Alltag gewinnen und hatte niemanden um sich, der etwas von ihm wollte.

„Dann kommt es darauf an, mehr von diesen Erlebnissen in deinen Alltag zu holen. So bekommst du Stück für Stück immer mehr von dem, was dich glücklich macht. Das kann im Beruf sein, aber auch im Privatleben."

Sarah trank einen Schluck Wein, stellte ihr Glas ab und zog die Füße auf den Sessel.

„Wie du siehst, George, müssen es nicht immer die großen Veränderungen sein, die das Leben mehr in die Richtung lenken, die uns erfüllt."

So hatte George es noch gar nicht betrachtet. Er hatte bislang immer nur im Kopf, sein Leben völlig umzukrempeln. Daher war er nun sehr erleichtert, zu hören, dass es auch in kleinen Schritten funktionierte. Er nahm sich vor, noch mehr Erlebnisse zu finden, die ihn satt und glücklich machten.

„Aber denk dran", erinnerte ihn Sarah. „Geh es ruhig langsam an. Gerade, wenn du schon so lange feststeckst, sind die kleinen Schritte die wirkungsvollsten, denn sie erfordern weniger Mut als die großen. Und somit sind wir eher bereit, sie umzusetzen."

Das leuchtete George absolut ein. Zufrieden lehnte er sich im Sofa zurück und griff nach seinem Weinglas. Diesmal schloss er die Augen, bevor er einen Schluck nahm. Und nun konnte auch er schmecken, dass der Wein wesentlich besser war als er beim Entkorken angenommen hatte.

Sarah lachte, als George ein genüssliches „Mhh, lecker" ausstieß. Auch George lachte und fühlte sich irgendwie befreit. Wieder blickten sie in die Flammen und hingen ihren Gedanken nach.

George legte noch Holz nach, da das Feuer bereits weit heruntergebrannt war.

Sarah sah ihn wieder an. „George, da ist noch ein Punkt, der sehr wichtig ist, wenn man sein Leben glücklicher gestalten möchte."

„Was denn?", fragte George neugierig.

„Es hat etwas damit zu tun, wie du mit Geschenken umgehst", antwortete Sarah ruhig.

„Wie ich mit Geschenken umgehe?" George wusste nicht, worauf sie hinaus wollte. „Mit welchen Geschenken denn?"

„Geburtstagsgeschenke, die zu Weihnachten oder Mitbringsel, die du einfach so bekommst."

George überlegte. Wie ging er mit solchen Geschenken um? ‚Ganz normal', dachte er.

„Na, ich nehme sie entgegen und bedanke mich. So wie man das eben macht."

Wieder blickte Sarah ihm direkt in die Augen, und wieder hatte George das Gefühl, sie würde mehr in ihm sehen als andere Menschen. Dies war ihm nun seltsamerweise nicht mehr unangenehm - im Gegenteil: es tat ihm gut.

Dann fragte sie ihn: „Und was fühlst du, wenn du ein Geschenk erhältst? Vor allem eins, das du ohne einen bestimmten Anlass bekommst?"

„Meine Güte, Sarah, du stellst vielleicht Fragen!" rief George. „Ich hatte nicht damit gerechnet, dass unser Gespräch so tiefgründig würde, als ich dich zum Essen eingeladen habe." Er lachte. „Sonst hätte ich es vermutlich bleiben lassen."

Dabei grinste er Sarah an, und sie lächelte schelmisch zurück.

„Nun?", fragte sie.

„Nun was?", gab George zurück.

„Beantworte doch einfach meine Frage. So schwer ist sie doch nicht. Oder?", neckte sie ihn.

„Das sagst du so leicht. Also, mal sehen…" George dachte nach, und vor seinen Augen tauchten Bilder von solchen Übergaben auf. Unwillkürlich zuckte er zusammen und verzog das Gesicht. „Also, wenn ich ehrlich bin, mag ich so etwas nicht besonders. Ich fühle mich unwohl - ja, unwohl trifft es am besten. Ich bedanke mich höflich und würde das Geschenk am liebsten erst auspacken, wenn der Schenkende gegangen ist. Trotzdem zwinge ich mich dazu, es zu öffnen."

Er sah in die Flammen und schwieg.

„Woran könnte das liegen?", fragte Sarah.

„Woher soll ich das wissen?", jaulte George und dache erneut darüber nach. „Das ist eigentlich schon immer so gewesen… Und es betrifft auch Geburtstags- und Weihnachtsgeschenke. Ja, es betrifft Geschenke im Allgemeinen."

Er sah Sarah an und lächelte verlegen. „Ich bin nicht so gut darin, beschenkt zu werden. Es bereitet mir große Freude, mir für andere Menschen Geschenke und Überraschungen auszudenken, aber wenn ich selbst etwas bekomme, ist mir dies sehr unangenehm."

„Das muss dir nicht unangenehm sein. Also, dass es dir unangenehm ist, meine ich." Sarah lächelte ihn aufmunternd an. „Es geht vielen Menschen so wie dir. Gerade diejenigen, die viel für andere da sind, ihnen also ihre Zeit, Hilfe oder andere Dinge schenken, haben es schwer, selbst etwas für sich anzunehmen. Du sagtest vorhin, dass du dich viel um andere und weniger um dich selbst kümmerst. Und der Umgang mit Geschenken ist ein sehr sichtbares Zeichen dafür."

„Und woran liegt das?", wollte George nun wissen.

Er hatte sich inzwischen aufgerichtet und hörte Sarah aufmerksam zu. Es interessierte ihn plötzlich sehr, wie ihre Einschätzung hierzu lautete. Vielleicht erhielt er nun ein paar Antworten darauf, warum sein Leben so festgefahren war und er keinen Ausweg sah.

„Hm, wie erkläre ich es am besten?"

Sarah suchte nach den passenden Worten. Dann fiel ihr Blick auf ihr fast leeres Weinglas.

„Ah ja", sagte sie. „Auch bei Geschenken hängt es wieder mit unseren Erwartungen zusammen. Als wir heute Nachmittag spazieren waren und du den Sonnenuntergang beobachtet hast - wie sich dabei der Himmel und die Berge verfärbten -, was hast du dabei gedacht?"

George war verblüfft. „Ich habe tatsächlich gedacht: Welch ein Geschenk, dieser herrliche Anblick."

Sarah lächelte. „Das habe ich vermutet."

George nickte und sagte: „Erstaunlicherweise hatte ich dabei kein unangenehmes Gefühl. Ich habe den Augenblick einfach nur genossen und in mich aufgesogen."

„Das hat einen bestimmten Grund", meinte Sarah. „Es liegt in der Natur der Natur, sich in jedem Augenblick zu verschenken. Und nun kommt das Beste: ohne, dass sie dafür etwas verlangt. Egal, was sie dir schenkt, du hast in der Regel nicht das Gefühl, nun in ihrer Schuld zu stehen und ihr direkt etwas zurück zu schenken. Die Natur schenkt dir etwas und du sagst einfach: Danke! Mehr nicht."

George nickte, diesmal langsam, und sagte: „Stimmt. Ich würde ja nicht direkt ins Haus laufen, um für die Sonne ein Feuerwerk zu holen."

Da lachte Sarah: „Ein sehr treffendes Bild. Nein, das würdest du sicherlich nicht tun. Bei Menschen ist es allerdings anders. Wenn ein Mensch dir etwas schenkt, hast du zwar nicht immer, aber häufig, das Bedürfnis, ihm für sein Geschenk etwas zurück zu geben. Du hast sozusagen die Erwartung, dass der andere mit seinem Geschenk etwas von dir erwartet. Also mehr als ein Danke."

Sarah lächelte. „Damit gibst du selbst dem Geschenk einen anderen Sinn als es in Wahrheit hat. Ein Geschenk ist immer erwartungslos."

„Das verstehe ich", stimmte George zu.

„Allerdings", fuhr Sarah fort, „bringst du auch den Schenkenden in eine unangenehme Situation."

Sie schwieg, und George sah sie fragend an: „Das verstehe ich nun nicht."

„Der Schenkende sucht für dich etwas aus - völlig absichtslos. Nur um dir eine Freude zu bereiten, mehr nicht. Du aber unterstellst ihm, dass er noch etwas anderes von dir erwarten muss, außer einem Lächeln und einem Dank. Daher verhält sich der Schenkende dir gegenüber sehr passend und tut was?"

George blickte sie erwartungsvoll an und schüttelte den Kopf.

Sarah lachte.

„Richtig. Er tut das Gleiche wie du gerade und schaut dich erwartungsvoll an. Also siehst du dich genötigt, sein Geschenk zu loben und speicherst ab, ein Gegengeschenk zu machen."

Georges Stirnrunzeln verschwand, und er sagte: „DAS wiederum verstehe ich."

Beide schwiegen und dachten darüber nach, was Sarah gerade gesagt hatte. Mehrere Male hob George an, um eine Frage zu stellen, überlegte es sich aber anders.

Schließlich fragte er: „Und wie hilft mir das nun weiter?"

„Mach dir klar", antwortete Sarah, „dass Geschenke immer absichtsfrei und erwartungslos sind - sonst sind es keine Geschenke. Sie dienen einzig dazu, dir eine Freude zu bereiten. Sollte der Schenkende etwas anderes bezwecken, ist dies sein Problem und nicht deins."

Sarah trank einen Schluck Wein und ergänzte: „So ist es auch mit den Geschenken, die dir das Leben macht."

Sie stand auf, um sich noch etwas Wein zu holen. George blickte ihr nach und fragte sich, was sie damit meinen könnte.

„Das Leben macht mir Geschenke?", fragte er schließlich.

„Aber sicher." Sarah drehte sich zu ihm um. „Ist dir das noch nie aufgefallen?"

„Wenn ich ehrlich bin? Nein!", gab George zu.

„Aber George!" Sarah stellte entrüstet den Wein zurück in den Kühlschrank und setzte sich wieder auf den Sessel. Dann sah sie ihn durchdringend an.

„Und was ist mit all den Zufällen in deinem Leben und den bereichernden Begegnungen mit anderen Menschen - gerade dann, wenn du sie am dringendsten brauchst?"

George dachte einen Augenblick nach. Natürlich gab es auch in seinem Leben Zufälle und Situationen, in denen er ein glückliches Händchen zu haben schien. Aber als Geschenke des Lebens hätte er sie so nicht bezeichnet.

„Sind sie aber", entgegnete Sarah. „Und weißt du, was das Schönste ist?"

„Nein", sagte George unsicher. „Aber du wirst es mir bestimmt gleich sagen, wie ich dich mittlerweile kenne. Du sagst mir sowieso schon mehr als ich eigentlich wissen wollte."

Dabei grinste er schelmisch.

„Wenn du es sagst", meinte Sarah und versuchte, dabei beleidigt auszusehen, was ihr jedoch nicht einmal ansatzweise gelang. „Aber im Ernst. Du kannst diese glücklichen Fügungen in deinem Leben ganz bewusst vermehren."

„Das klingt jetzt aber sehr manipulativ. Wie soll ich denn mein Glück bewusst vermehren? Das Glück kommt doch einfach, wann es ihm passt."

„Irrtum, George. Das Glück ist eine Form der Geschenke, die dir das Leben machen möchte. Der Trick dabei ist, diese Geschenke auch anzunehmen."

Sarah bekam rote Wangen, als sie weitersprach.

„Es reicht nicht, dass du dir immer Dinge wünschst und somit eine Bestellung nach der anderen aufgibst. Du musst schon die Tür öffnen, wenn der Postbote kommt. Sonst stapeln sich die Pakete vor deiner Haustür, und du sitzt in deiner Wohnung und fragst dich, warum nichts in deinem Leben passiert und du auf der Stelle trittst."

Sie strahlte ihn an.

„Kannst du mir dieses Bild noch anders erklären?", fragte George, unsicher, ob er den Sinn richtig erfasst hatte.

„Natürlich kann ich das: Hab nicht die Erwartung, dass das Leben etwas von dir fordert, wenn es deine

Wünsche erfüllt. Denn dann traust du dich nicht, die Geschenke anzunehmen. Sieh sie als absichtslos an und freue dich, dass du sie bekommst."

Sarah lächelte zufrieden.

„Mehr nicht?", zweifelte George.

„Mehr nicht!"

George dachte eine Weile darüber nach. Er hatte wirklich manchmal das Gefühl, er verdiene das Glück nicht, das ihm widerfuhr. Es gab sogar Momente, in denen er ein schlechtes Gewissen hatte und er die Augenblicke nicht genießen konnte. Dabei war ihm nie so wirklich klar, woher diese negativen Empfindungen stammten.

Plötzlich stand Sarah auf und ging wortlos zur Tür. Sie zog sich ihre Schuhe, sowie Jacke, Schal und Handschuhe an. Dann setzte sie sich ihre Mütze auf. Eine Welle der Enttäuschung durchspülte George. Er sah auf seine Uhr. Es war kurz vor Mitternacht, und er hatte gar nicht bemerkt, wie schnell die Zeit vergangen war.

‚Sicherlich will Sarah langsam nach Hause, aber sie hätte es auch vorher ankündigen können und musste nicht einfach so spontan aufspringen', dachte er. ‚Außerdem hat sie ihren Wein noch gar nicht ausgetrunken, der ihr doch angeblich so gut schmeckt.'

Langsam erhob sich George von seinem Sofa und durchquerte das Zimmer mit wenigen Schritten. Sarah sah ihn erwartungsvoll und mit funkelnden Augen an.

Allmählich dämmerte es George, dass er sich offenbar umsonst Sorgen gemacht hatte, und Sarah ihn nicht überstürzt verlassen wollte.

Dennoch fragte er sicherheitshalber: „Was ist los? Warum ziehst du dich an?"

„Hast du auf die Uhr gesehen?", fragte sie ihn und schien ganz aufgeregt.

„Ja", gab George verwirrt zurück. „Es ist kurz vor Mitternacht. Und?"

Sarah reichte ihm seine Jacke und sagte: „Beeil dich, zieh dich an. Ich möchte dir etwas Wunderbares zeigen - ein Geschenk. Und du kannst gleich üben, es einfach absichtslos anzunehmen."

Dabei zwinkerte sie ihm vielsagend zu. Doch George verstand ihre Botschaft nicht, traute sich aber auch nicht, sie danach zu fragen. Er wollte nicht als Trottel dastehen, wenn er zugab, das Offensichtliche zu übersehen. Also zog er sich hastig seine Jacke und Schuhe an, band sich den Schal um und setzte die Mütze auf. Kurz darauf nahm Sarah seine Hand und zog ihn vor die Hütte.

Dann schob sie ihn direkt wieder hinein und sagte: „Leg noch etwas Holz auf, wir bleiben eine Zeitlang draußen."

George gehorchte, ging zum Ofen und legte zwei dicke Scheite Holz nach. Das sollte für ein bis zwei Stunden genügen, denn länger wollte er auf keinen Fall draußen bleiben. Allerdings steckte Sarahs Aufregung ihn an, und er ging wieder neugierig vor die Tür. Dort atmete er ein paar Mal die klare Nachtluft ein und versuchte, sich an die Kälte zu gewöhnen. Zum Glück war es windstill, sodass es nicht unter der Jacke herzog. Und nun war es George, der Sarah erwartungsvoll ansah. Ihre Augen glühten weiterhin vor Spannung und Vorfreude. Sie setzte sich auf die Bank vor der Hütte und klopfte auf den freien Platz neben sich, damit George sich ebenfalls setzte. Er kam ihrem Wunsch direkt nach. Als er neben ihr saß, streckte Sarah ihren Finger aus und zeigte auf einen Punkt hinter der gegenüberliegenden Wiese.

„Dort", erklärte sie mit einem mystischen Unterton, „wirst du gleich etwas sehen, das dir so nur wenige Male im Leben begegnen wird."

„Was ist es denn?", wollte George wissen.

„Das verrate ich dir nicht. Warte einfach ein paar Minuten, dann wirst du es erfahren - und du wirst es dein Leben lang nicht vergessen. Das verspreche ich dir."

George nahm es so hin und fragte nicht weiter nach. Sein Blick wanderte zum Himmel hinauf, der mit unzähligen Sternen bedeckt war. Ohne störende Lichtquellen konnte er hier oben sogar die Milchstraße sehen - ein Band aus Millionen kleiner Lichtpunkte. Die Sterne glitzerten und blinkten so, wie sie es nur in ganz klaren Nächten taten. George überkam das Gefühl, dass dies ein absolut magischer Augenblick war, und ein Schauer lief ihm über den Rücken. Er sah aus dem Augenwinkel zu Sarah herüber, die immer noch unverwandt auf die Stelle hinter dem Feld blickte. Sie saß mittlerweile ganz entspannt neben ihm, und ihre Aufregung war einer tiefen Ruhe gewichen. Sie wirkte, als wäre sie eins mit ihrer Umgebung.

Plötzlich griff Sarah nach Georges Hand und drückte sie leicht. Er richtete nun seine volle Aufmerksamkeit auf den gleichen Punkt, den Sarah fixierte. Noch konnte er nichts Besonderes erkennen. Oder doch? Am Rande der Wiese tauchte ein schmaler Streifen Licht auf. George wusste im ersten Moment nicht, woher dieses Licht stammte. Er blickte wie gebannt dorthin und wagte kaum, sich zu bewegen. Sogar den Atem hielt er an. Als er dies bemerkte, atmete er langsam und kaum hörbar aus, um Sarah nicht zu stören. Sie saß weiterhin regungslos neben ihm. Das Licht stieg sachte den Himmel hinauf - fast unmerklich: Zentimeter für Zentimeter.

Nach einer Weile traf George die Erkenntnis wie ein Schlag. Und als ihm bewusst wurde, was er dort so fasziniert beobachtete, musste er innerlich laut auflachen. Dass er darauf nicht schon früher gekommen war! Er kam sich wieder einmal sehr dämlich und unwissend vor. Heute Morgen noch hatte er an genau dieser Stelle den Sonnenaufgang beobachtet, und nun trat behäbig der Mond seine Reise über den Nachthimmel an. George war sich bislang überhaupt nicht bewusst, dass er zum Vollmond zur Hütte gefahren war. Einen besseren Zeitpunkt hätte er sich offenbar nicht aussuchen können. Und ein enormes Glücksgefühl durchfuhr ihn, als ihm klar wurde, welch glücklicher Zufall es war, dass er seine Auszeit gerade jetzt hatte nehmen können.

,Danke, danke, danke', dachte er zufrieden.

Der Mond wirkte riesig - oder fühlte George sich in diesem Augenblick klein? Nein, er fühlte sich großartig. Es war ganz eindeutig, der Mond war hier in den Bergen größer als zuhause in der Stadt. Allerdings hatte George auch noch nie einen Mondaufgang so bewusst erlebt. Er war auch viel gelber als sonst und verfügte über eine unglaubliche Anziehungskraft. Nun wusste George auch, was Sarah vorhin meinte, als sie sagte, dass man so etwas nicht häufig erleben würde. Er hatte in seinem Leben schon einige Sonnenauf- und -untergänge gesehen - vor allem im Urlaub am Strand, wo der Blick unverbaut und frei ist, und er die Sonne bis zum letzten Strahl sehen konnte. In diesen Momenten verschmolz George mit seiner Umgebung und tauchte in seine eigene Welt ab. Und diese Augenblicke waren für ihn sehr kostbar geworden: wenn es im Alltag allzu hektisch wurde, stellte er sich vor, wie es ist, beim Sonnenuntergang am Strand zu stehen und weit und breit keinen Menschen um sich zu haben. Das brachte seinen Geist jedes Mal wieder zur

Ruhe, und die Gedanken hörten einen kurzen Moment auf zu kreisen.

Dieses Gefühl war ihm also vertraut, aber was er nun spürte, war völlig neu für ihn. Der Mond schien eine ganz andere Kraft zu besitzen als die Sonne: er wärmte zwar nicht, verströmte aber eine sehr intensive Energie. George merkte, dass Sarah immer noch seine Hand hielt und musste lächeln. Es war sehr angenehm, diesen Augenblick mit jemandem zu teilen, der ihn offenbar genauso genoss, wie er selbst. George entspannte sich, lehnte sich an die Bank und ließ die Energie des Mondes durch sich hindurch fließen. Gestern noch war er froh, dass ihn das Licht nicht vom Funkeln der Sterne ablenkte. Und heute wusste er, was er verpasst hatte und schämte sich ein wenig für seine Gedanken. Der Mond stieg immer höher; dabei leuchtete er wie eine helle Taschenlampe auf das Feld vor ihnen. Der Schnee reflektierte das Licht, und es sah aus, als hätte jemand tausende von Diamanten auf die Erde gestreut.

Mit einem Mal tauchte dort ein Rothirsch auf, mit einem mächtigen Geweih auf dem Kopf. George zählte nach: ein Zwölfender. Er war eine sehr stolze Erscheinung. Der Hirsch kam gemächlich den Hügel hinauf, bog vor ihnen nach rechts ab und verschwand im Wald. George seufzte leise, sodass Sarah verwundert den Kopf zu ihm drehte und ihn fragend ansah. Er wies nur in Richtung Wald, und Sarah verstand ihn sofort. Ja, der Hirsch war der König des Waldes, und das strahlte er aus. Ob er wohl von diesem Titel wusste? Sein großes Geweih trug er stolz auf dem erhobenen Kopf. Und er hatte keine Eile auf seinem Weg, als sei er sich seiner Macht und Stärke überaus bewusst. George beneidete ihn um dieses Gefühl der Stärke und Gelassenheit, das ihm selbst im Alltag oft fehlte. Er wäre gerne ebenso erhaben und stolz. Aber worauf eigentlich? George schob den Gedanken jäh beiseite und schaute stattdessen Sarah an. Sie nickte ihm zu und stand auf. Er folgte ihr in die Hütte und schloss die Tür hinter sich.

Erst jetzt bemerkte George, wie kalt ihm tatsächlich war. Die Wärme des Feuers schlug ihm wie eine Wand entgegen und hüllte ihn augenblicklich ein. Sein Kopf fühlte sich an, als sei er mit Watte gefüllt, und doch hatte er das eigenartige Gefühl, geborgen und geschützt zu sein.

‚Merkwürdig‘, dachte er. ‚Es ist doch nur ein Feuer. Was soll's?‘

Er zuckte mit den Schultern und pellte sich aus seiner dicken Winterkleidung. Als er damit fertig war, sah er, wie langsam er gewesen sein musste, denn Sarah saß schon wieder in ihrem Sessel, als sei sie nie draußen gewesen. Ganz in Gedanken versunken blickte sie ins Feuer und schien wieder einmal sie Wärme in sich aufzusaugen.

‚Ob sie wohl die gleiche Geborgenheit fühlt wie ich‘, fragte sich George.

Es sah jedenfalls ganz danach aus, wie sie mit angezogenen Beinen und angelehntem Kopf dort saß und in die Flammen starrte.

‚Wie kann eine Person so präsent sein, obwohl sie doch ganz offensichtlich geistig abwesend ist?‘, wunderte sich George.

In dem Moment drehte Sarah ihren Kopf, blickte ihn mit ihren blassgrauen Augen unverwandt an und lächelte.

„Was ist los?“, fragte sie und hielt ihm die beiden leeren Weingläser hin.

George, der wie festgewachsen dastand, musste ebenfalls lächeln. Er ging auf sie zu, nahm ihr die Gläser ab und ging langsam zum Kühlschrank. Dabei dachte er über die seltsame Begegnung mit Sarah nach. Als er gestern seine Reise angetreten war, war er noch der festen Überzeugung, alle Antworten auf seine Fragen in der Stille und Einsamkeit der Berge zu finden. Doch was er fand, war eine Frau, die ihm nur noch weitere Fragen stellte, über die er nachdenken musste. Sarahs Fragen berührten ihn tief, und George spürte, dass er bisher um die wichtigen Themen in seinem Leben nur herumgetanzt war. Er hatte sich bislang nie getraut, sie so offen anzusehen wie jetzt zusammen mit Sarah. Es tat ihm gut, dass sie nun bei ihm war. Sie schien mehr vom Leben zu verstehen als

56

andere Menschen. Das gab ihm Sicherheit, und er konnte sich ihr gegenüber öffnen. Zum ersten Mal seit langer Zeit hatte er keine Angst mehr, seine Gefühle zuzulassen. Er spürte nicht mehr den Druck, sich unbedingt schützen zu wollen. Wieder lächelte er: war das eins von den Geschenken, die ihm das Leben machte? Dass er zwar nicht bekam, was er wollte, aber was er offensichtlich gerade brauchte?

George ging mit den beiden Gläsern zurück zu Sarah und reichte ihr eins.

Dabei sah er ihr wieder in die Augen und fragte: „Sarah, habe ich in meinem Leben die falschen Fragen gestellt?“

„Wie meinst du das?“ Sarah hob fragend die Augenbrauen.

„Naja, bislang bin ich ja noch zu keiner wirklichen Lösung für meine Probleme gekommen. Daher dachte ich, ich stelle vielleicht die falschen Fragen.“

Sarah kniff die Augen leicht zusammen als sie nachdachte. „Nein, George, das glaube ich eigentlich nicht. Du hast schon die richtigen Fragen gestellt, warst aber bisher noch nicht bereit für die tiefgreifenden Antworten.“

Sie schwieg eine Weile, so als müsste George wissen, wovon sie sprach.

Doch er wusste es nicht; deshalb fragte er: „Welche tiefgreifenden Antworten?“

„Die Antworten, die dich dazu auffordern, dein Leben zu verändern."

George sah Sarah ratlos an, obwohl ihm dämmerte, was sie ihm sagen wollte. Dennoch wollte er ihre Erklärung hören.

„George, soviel ich weiß bist du derzeit unglücklich in deinem Leben."

Sie sah ihn prüfend an, sodass ihm ganz unbehaglich wurde.

„Naja, unglücklich ist jetzt vielleicht zu hart formuliert. So schlecht geht es mir ja gar nicht." Er lächelte schief, und Sarah musste lachen.

„Ich sehe schon. Also, dann sage ich es mal so: Soviel ich weiß bist du derzeit nicht rundum glücklich in deinem Leben."

Sie grinste ihn frech an und fuhr fort. „Du warst bislang aber nicht bereit, irgendetwas zu verändern, was den Zustand verbessern könnte. Stattdessen hast du immer wieder gefragt, was du tun könntest, um endlich dein wahres Glück zu finden - unter der Bedingung, dass alles so bleibt, wie es ist. Habe ich es so richtig erfasst?"

„Hm", gab George zurück, „ja, ich muss zugeben, das hast du. Und wenn du es so direkt sagst, hört es sich an, als sei ich dieser selten dämliche Autofahrer, der nur schimpft, dass sein Wagen festgefahren ist und selbst nichts unternimmt."

George starrte frustriert in die Flammen.

„Doch wenn ich ehrlich bin, möchte ich auch jetzt nichts verändern. Es ist alles in Ordnung, wie es ist - denke ich."

Sarah warf ihm einen zweifelnden Blick zu und rollte mit den Augen. Dann lächelte sie ihm wieder herzlich zu.

„Irrtum, George. Du bist sehr wohl dabei, etwas zu verändern: dich. Oder besser gesagt, deine Einstellung zu deinem Leben. Du fängst allmählich an, dich auf die Geschenke des Lebens einzulassen. Glaubst du wirklich, mir ist deine Abneigung gegen meine Gesellschaft heute Nachmittag entgangen?"

Sie grinste, und George schaute sie ganz erschrocken an.

„Wie das?", fragte er.

„Ach, George, das hätte sogar ein herzloser Blinder gemerkt. Du warst so verspannt als ich mich zu dir auf den Baumstamm gesetzt habe, dass du vermutlich am liebsten eine Backsteinmauer um dich herum aufgebaut hättest. Und nachdem wir den Adler beobachtet haben, hast du die erste Gelegenheit genutzt, um dich zu verdrücken. Das hätte ja auch fast funktioniert, wenn du den richtigen Weg gewählt hättest." Sarah sah dem verblüfften George in die Augen.

„Und warum bist du dann geblieben?", fragte George. „Ich hätte mich in der Nähe einer Backsteinmauer wahrscheinlich nicht sehr wohl gefühlt."

George dachte nach. ‚Bin ich wirklich so abweisend gewesen oder übertreibt Sarah nur, um mir meine Situation zu verdeutlichen?‘

„Tja“, sagte Sarah und lächelte verschmitzt. „Ich habe wohl eine Schwäche für komplizierte Situationen... Nein, im Ernst, George. Ich habe mir vor einiger Zeit vorgenommen, meiner Intuition zu folgen - egal, wohin sie mich führt. Daher bin ich meinem Impuls gefolgt und habe mich neben dich gesetzt. Mir war da bereits klar, dass du ein paar neue Ideen brauchst, um deine Sichtweise zu ändern. Und wie soll ich sagen: das ist nun mal meine Spezialität. Ich möchte andere Menschen wirklich verstehen, und daher stelle ich viele Fragen, die sie offensichtlich weiter bringen. Und dann sage ich ziemlich direkt, was mir in den Sinn kommt. Offenbar hilft auch das weiter.“

Sie sah George lange an und wandte ihren Blick schließlich wieder zum Feuer. George hingegen schaute sich suchend im Zimmer um, so als würde er an den Wänden Antworten auf die Fragen finden, die nun in ihm brodelten.

‚Bin ich wirklich schon bereit, mein Leben zu verändern? Ist es das, was ich möchte? Und was meint Sarah damit, dass ich schon auf einem guten Weg bin? Ist es tatsächlich so einfach?‘

In diesem Augenblick wurde ihm klar, dass es genau so einfach war, wie er es haben wollte. Dass alles an ihm selbst lag. Und sie hatte recht, George musste als erstes mit seiner Einstellung anfangen. Er musste als erstes damit anfangen, zuzulassen, dass sich etwas in seinem Leben vorwärts bewegte. Er wollte nicht länger der schimpfende Autofahrer sein. Er wollte sein Leben gestalten. Was war seine Alternative? Wenn er alles so beließ wie es war, würde er nicht glücklich sein. Vielleicht würde er andere glücklich machen oder zumindest zufrieden. Aber sich selbst?

Sarah schaute weiter ins Feuer, als sie leise sagte: „Zunächst musst du dir erlauben, glücklich sein zu dürfen. Und du musst akzeptieren, dass du möglicherweise andere Menschen verletzt, wenn du deinen eigenen Weg gehst."

„Das möchte ich nicht!", erwiderte George impulsiv und sprang vom Sofa auf.

Rastlos ging er in der Hütte auf und ab, und Sarah folgte ihm mit ihren Augen, als wollte sie ihn beruhigen. Doch George war so aufgewühlt als er am Fenster stehen blieb, dass er gar nicht merkte, wie Sarah aufstand, zu ihm herüber ging und ihm ihre Hände auf die Schultern legte. Erst in diesem Moment stellte George fest, wie schnell sein Herz schlug und dass er heftig atmete. Allmählich beruhigte er sich unter Sarahs Händen. „Diese Reaktion ist völlig normal", erklärte sie in sanftem Ton. „Vor allem, wenn du schon lange gegen dein inneres Wissen und deine eigenen Wünsche ankämpfst. Du weißt sehr genau, was andere brauchen und erfüllst ihnen all ihre Wünsche. Dabei hast du verlernt, auf deine eigenen zu achten und auch sie zu erfüllen. Du denkst, du nimmst den anderen etwas weg, wenn du dich endlich um dich selbst kümmerst. Und das stimmt sicherlich zu einem gewissen Teil. Du wirst lernen, Nein zu sagen, und du wirst lernen, immer besser zu formulieren, was du brauchst. Dass du da am Anfang Fehler machst, ist doch klar. Niemand, der etwas Neues beginnt, ist direkt ein Meister seines Fachs. Sicherlich haben einige für gewisse Dinge Talent, aber der Großteil erlangt die Meisterschaft lediglich durch Übung und Training. Das solltest du als Läufer doch wissen."

Sarah lächelte George zu, und er sah ihr Gesicht als Spiegelbild in der Fensterscheibe - direkt neben seinem. Wie recht sie hatte - mal wieder. Als er vor Jahren den Traum hatte, an einem Halbmarathon teilzunehmen, war er sehr verwundert, wie viele Kilometer Training er im Vorfeld absolvieren sollte. Doch all diese Disziplin beim Laufen half ihm, immer besser zu werden, sodass er bei den Wettkämpfen eine Bestzeit nach der anderen ablieferte.

,Und so soll es auch sein, wenn ich nun endlich mein Leben selbst in die Hand nehmen will?'

„Was ist das Wichtigste bei deinem Lauftraining, wenn du dich auf einen Wettkampf vorbereitest?", fragte Sarah interessiert.

George überlegte. „Hm, das Wichtigste ist für mich, dass ich dranbleibe und meinen Plan verfolge.

Auch wenn ich schlechte Tage habe, lasse ich mich nicht entmutigen und mache einfach weiter. Hinterher bin ich dann immer ganz energiegeladen und irgendwie erfrischt - auch wenn ich körperlich geschafft bin."

Sarah lächelte ihn aufmunternd an. „Und genauso wird es mit der Umsetzung deiner Wünsche sein. Am Anfang bist du vielleicht entsetzt, wie viel Arbeit und Disziplin es bedeuten kann, aber wenn du erst einmal anfängst, wirst du schnell Erfolge sehen. Und auch hier ist es wichtig, dran zu bleiben und weiter zu machen - auch an schlechten Tagen. Du wirst sicherlich ein paar Rückschritte machen oder dich ein ums andere Mal ärgern, dass du entgegen deiner Überzeugung gehandelt hast, aber davon solltest du dich nicht entmutigen lassen. Im Gegenteil, du kannst auf das Gelernte aufbauen und immer wieder auf dieser Ebene einsteigen - bis du irgendwann am Ziel bist."

Sarah nahm ihre Hände von Georges Schultern und stellte sich neben ihn ans Fenster.

„Was ist das Ziel?", fragte George noch etwas unsicher.

„Dass du ganz du selbst sein kannst, deine Bedürfnisse erfüllst und deine Grenzen wahrst und dass du dabei etwas ganz Tolles feststellst."

Sarah schmunzelte, als sie das sagte.

„Und was?", wollte George wissen.

„Dass dir niemand dafür böse ist. Dass du trotzdem geachtet und respektiert wirst - ja, sogar dafür geliebt wirst.“

Sarah sah ihn wieder durchdringend an.

„Aber wie kann ich geliebt werden, wenn ich andere verletze?“ George konnte es noch nicht glauben, dass es so leicht sein sollte: Sag einfach, was du willst, und du wirst trotzdem geachtet und sogar geliebt. Einen größeren Blödsinn hatte er noch nicht gehört. Wieder schien seine Miene zu verraten, was er dachte, denn Sarah lachte leise vor sich hin.

„George, das ist doch ganz logisch: du hilfst anderen, den richtigen Weg zu finden, um mit dir gut umzugehen.“

„Das verstehe ich nicht“, protestierte George.

„Du bist offen und ehrlich mit den anderen. Du sagst ihnen, was du denkst. Damit gibst du deinem Gegenüber die Chance, darauf zu reagieren. Der andere merkt, dass du ihn weder belügst noch irgendwelche Spielchen mit ihm treibst. So kann er wiederum sich selbst öffnen und dir seine eigene Wahrheit sagen. Sobald etwas mit offenem Herzen ehrlich angesprochen wird, haben beide die Möglichkeit, ihre Sichtweisen auszutauschen.“

Sarah sah ihm fest in die Augen.

„Und schließlich kommt es auf deine Intention an. Du hast deine Wünsche ja nicht, weil du den anderen verletzen möchtest, sondern weil sie Teil deines eigenen Lebenswegs sind. Mehr nicht."

Sarah schwieg eine Weile, und auch George dachte über ihre Worte nach. Es stimmte: er wollte ein paar Dinge in seinem Leben ändern, wusste aber nicht wie. Und in seiner ganzen Grübelei drehte er sich ständig im Kreis, anstatt etwas auszuprobieren.

‚Was kann ich schon verlieren? Wenn ich vielleicht nur ein klein wenig verändern würde?', dachte er.

Sarah riss ihn mit einer weiteren Frage aus seinen Gedanken: „Warum hast du solche Angst davor, jemanden, den du liebst, verletzen zu können?"

George war verwirrt und wurde zornig. „Findest du es etwa toll, zu sehen, wie jemand leidet?"

„Sicher nicht", gab Sarah zu. „Aber warum hast du Angst, der Grund für das Leid eines anderen Menschen zu sein?"

„Weil... ja, weil...". George hob ein paarmal zum Sprechen an, verstummte aber jedes Mal wieder. Er wusste keine Antwort auf diese Frage. Hatte er denn überhaupt Angst?

„Darf ich eine Erklärung versuchen, und du sagst mir, ob ich richtig liege?", bot Sarah an.

George nickte nur und hörte aufmerksam zu.

„Es könnte sein, George, dass du Angst hast, selbst verletzt zu werden." Sarah schwieg eine Zeit, um ihre Worte sacken zu lassen, dann fuhr sie fort.

„Wenn du dich um andere kümmerst, musst du nicht über dich selbst nachdenken. Und wenn du deine eigenen Wünsche äußerst, öffnest du damit dein Herz. Du öffnest es so weit, dass dein Gegenüber freien Zutritt hat. Aus irgendeinem Grund siehst du ein offenes Herz als Gefahr an, die es fernzuhalten gilt. Sobald du keine einstudierte Rolle mehr spielst und nicht mehr so bist wie andere dich haben wollen, läufst du selbst Gefahr, verletzt zu werden."

Sarah trat dicht hinter George und flüsterte ihm leise ins Ohr: „Denn was geschieht, wenn die anderen dich dann nicht mehr akzeptieren? Stell es dir vor. Lass es zu."

George fühlte sich eigenartig gelähmt. Sarah hatte wirklich einen Nerv getroffen: Sie lag vollkommen richtig mit ihrer Einschätzung. George nickte langsam und fühlte einen Kloß in seinem Hals aufsteigen. Das war es also, was ihn die ganze Zeit gebremst hatte: seine eigene Angst, nicht gemocht zu werden. Er spürte förmlich, wie diese Angst in ihm hoch kroch, dicht gefolgt von der Einsamkeit. Er sah weder den leuchtenden Mond vor dem Fenster, noch den glitzernden Schnee. Alles, was er sah, war schwarze Dunkelheit. George begann zu zittern. War das Feuer im Ofen bereits erloschen? Er konnte sich nicht umdrehen, um nachzusehen, sein Körper gehorchte ihm nicht. Eine bleierne Schwere lag auf ihm. Er schluckte, doch der

Kloß saß immer noch breit in seinem Hals, sodass ihm das Atmen schwer wurde.

Kalter Schweiß strömte ihm über die Stirn, und er hatte das Gefühl, in ein schwarzes Loch zu fallen - in die Tiefe gedrückt von der unglaublichen Schwere, die auf ihm lastete. Immer tiefer und tiefer fiel er hinab. Dabei schnappte er wie ein Ertrinkender nach Luft, versuchte verzweifelt zu atmen. Schließlich wurde ihm schwarz vor Augen. Wie lange es dauerte, wusste er nicht.

Plötzlich nahm die Schwere ab, seine Schultern wurden nicht mehr nach unten gepresst. George spürte sogar wieder Wärme in seinen Körper strömen: zuerst in den Schulterblättern, seinen Rücken hinab, bis in die Zehenspitzen. Er blinzelte ein paarmal und sah Sarahs Spiegelbild im Fenster. Sie war offenbar wieder hinter ihn getreten und hatte ihre Hände auf seine Schulterblätter gelegt. Eine seltsame, friedvolle Ruhe ging von ihr aus, die nun auch George erfasste und völlig einhüllte. Er atmete wieder tiefer und beruhigte sich allmählich.

Sarah nahm ihre Hände von seinen Schultern und fragte grinsend: „Na, bist du wieder da?"

„Ja, mir geht's gut - glaube ich. Was ist passiert?", fragte George und schüttelte den Kopf, als wolle er einen bösen Traum verjagen.

„So wie ich das sehe, hattest du eine Panikattacke. Nichts Lebensbedrohliches, auch wenn sie sich genau danach anfühlt." Sarah sah George durchdringend an und fragte: „Geht's dir wirklich wieder besser?"

„Ich denke schon", George zögerte, „ich bin nur etwas verwirrt und wacklig auf den Beinen. Das ist alles. Ist vielleicht ein bisschen zu viel auf einmal, denke ich."

„Hast du so etwas schon einmal erlebt?", fragte Sarah und musterte ihn weiterhin prüfend.

Mit weichen Knien ging George zum Sofa zurück und ließ sich geräuschvoll in die Polster sinken. Bevor er antwortete nahm er einen großen Schluck Wein.

„Nein, das habe ich zum ersten Mal gefühlt. Und wenn ich ehrlich bin, wäre es mir lieb, wenn es auch das letzte Mal war."

Dabei seufzte er.

„Es fühlte sich an wie absolute Hoffnungslosigkeit. Wenn ich die Hölle beschreiben müsste, wüsste ich nun genau, wie."

Er sah erschöpft zu Sarah, die ihn aufmerksam beobachtete. „Kennst du so etwas?", fragte er.

„Nein, ich selbst habe es noch nicht erlebt, kenne aber viele Beschreibungen. Und ich gebe ab und an Halt, wenn jemand in eine Panikattacke fällt."

George nickte. Daher wusste sie so genau, wie sie ihm helfen konnte. Er war sehr dankbar dafür, dass sie dagewesen war und er dies nicht alleine durchstehen musste.

„Weißt du, George", unterbrach Sarah seine Gedanken, „dieses Gefühl der Hoffnungslosigkeit und der Schwere war ein Vorgeschmack darauf, wie dein Leben verlaufen kann, wenn du immer weniger du selbst bist und dich durch die Umstände und die Meinungen der anderen bestimmen lässt. Dann weißt du auf einmal nicht mehr, was richtig und falsch ist und vor allem, was du selbst möchtest. Daher ist es so wichtig, dass du verstehst, wie du wieder auf deinen persönlichen Weg kommst und immer mehr Leichtigkeit in deinem Leben findest."

Sie schwiegen eine ganze Weile, und George gähnte immer wieder. Er wollte jetzt nicht mehr darüber nachdenken, was geschehen war. In seinem Kopf drehte sich alles. Also machte es sich auf dem Sofa gemütlich und schloss die Augen. Erlauschte dem Knistern des Feuers und ließ sich von der Wärme einhüllen.

Irgendwann musste er eingeschlafen sein.

Als George erwachte, fühlte er sich wie gerädert. Er blinzelte ein paarmal und blickte sich in der Hütte um. Das Feuer brannte noch, so als hätte jemand erst kürzlich Holz nachgelegt. Seltsam, er konnte sich gar nicht erinnern, sich zugedeckt zu haben. George schob die Decke beiseite und setzte sich auf. Er fuhr sich mit den Händen durchs Gesicht und rieb sich die Augen. Dann gähnte er noch einmal herzhaft und schüttelte leicht seinen Kopf, um die Müdigkeit zu vertreiben. Wie spät war es wohl? George sah auf seine Uhr. Fünf Uhr morgens - eigentlich noch nicht seine Zeit, um aufzustehen. Warum war er dann erwacht? Wieder wanderte sein Blick durch den Raum und blieb an einzelnen Gegenständen hängen. Er hatte etwas Eigenartiges geträumt: von einem Abendessen mit einer fremden Frau, die ihm viele Fragen gestellt und ihm dabei die Augen für sein Leben geöffnet hatte.

Er schnappe nach Luft: Sarah!

George schaute zu ihrem Sessel, auf dem sie die halbe Nacht gesessen hatte. Doch er war leer. Vielleicht war sie nur kurz aufgestanden, um sich die Beine zu vertreten, beruhigte er sich. Eine unerklärliche Traurigkeit überfiel ihn. Er kannte sie kaum - ein paar Stunden nur - und doch fühlte er sich in ihrer Nähe so wohl wie schon lange nicht mehr. Sie wusste so viel über das Leben und schien immer zu spüren, was sie ihm sagen musste, damit er klarer sehen konnte. Sie gab ihm nicht, was er haben wollte, aber das, was er wirklich brauchte. Bei diesem Gedanken musste er schmunzeln. Sarah - wer war sie? Im Grunde wusste er nichts über sie. George hatte vergessen, sie nach ihrem Leben und ihrer persönlichen Situation zu fragen, so fasziniert war er von der Entdeckung seiner eigenen Möglichkeiten. Und sie hatte auch nichts von sich aus preisgegeben und war seinen Fragen immer wieder ausgewichen.

Als sie nach ein paar Minuten immer noch nicht da war, lauschte George angestrengt, ob er sie irgendwo hören konnte. Nichts - nicht das kleinste Geräusch, außer einer Eule draußen im Wald und dem Knistern und Knacken der Holzscheite im Feuer. George stand auf und ging durchs Zimmer. Sie hatte alles ordentlich in die Kochnische geräumt. Dort standen ihre beiden leeren Weingläser neben den benutzten Tellern vom Abendessen. Er hatte es also doch nicht geträumt. Das dreckige Geschirr war der Beweis dafür. Er schaute zur Garderobe und stellte fest, dass ihre Jacke nicht mehr am Haken hing. Auch ihr Rucksack und ihre Schuhe waren verschwunden. Sie war gegangen, ohne ihm Lebwohl zu sagen. Wieder sickerte Traurigkeit in George ein, vermischt mit einem Anflug von Enttäuschung. Er ging zur Tür und öffnete sie so weit, dass er auf den Parkplatz schauen konnte. Dort stand nur noch sein eigener Wagen - ihr Platz war leer.

‚Vielleicht bin ich davon aufgewacht‘, dachte er, ‚von ihrem davonfahrenden Auto. Oder davon, dass etwas hier im Raum fehlt.‘

Obwohl er sie kaum kannte, vermisste er Sarah plötzlich sehr. Sie hatte eine Saite in ihm angeschlagen und berührt, von der er nicht einmal wusste, dass er sie besaß. Er schätzte ihre Sichtweise und vor allem, wie sie ihm die Welt mit ihren Bildern erklärte.

George setzte sich wieder auf sein Sofa und ließ sich auf das Kissen fallen. Dabei knisterte etwas unter seinem Kopf. Er schob eine Hand unter das Kissen und zog einen sorgfältig gefalteten Stapel Papier hervor.

‚Offenbar ist Sarah doch nicht grußlos verschwunden‘, dachte er, als er die Zettel auseinander faltete. Dann musste er schmunzeln: sie war wirklich auf alles vorbereitet, was ihr begegnete, denn dieses Papier musste sich wie ihre dicken Socken in ihrem Rucksack befunden haben. Seins war es jedenfalls nicht, und ihm war auch kein Block oder Schreibzeug in der Hütte aufgefallen, als er sie gestern bei seiner Ankunft neugierig in Augenschein genommen hatte.

George holte sich ein großes Glas Wasser, nahm wieder auf seinem Sofa Platz und begann, Sarahs Brief zu lesen.

„Lieber George,

es ist normalerweise nicht meine Art, mich lautlos davon zu schleichen. Aber du hast so friedlich geschlafen, dass ich es nicht übers Herz brachte, dich zu wecken. Du hast heute viel erlebt, und ich wollte dir einfach die Ruhe gönnen, die du so dringend brauchst und die du hier suchst. Dennoch möchte ich mich ordentlich von dir verabschieden. Daher schreibe ich dir diese Zeilen - wobei es vermutlich ein paar Seiten werden, so wie ich mich kenne. Wenn du sie nicht lesen magst, ist das völlig in Ordnung. Mir war es allerdings wichtig, dir noch ein paar Dinge mit auf den Weg zu geben, die mir durch den Kopf gingen, als ich dich beim Schlafen beobachtet habe. Du siehst sehr friedlich aus, wenn du schläfst, als wärst du an einem sicheren Ort, der dir Kraft gibt. Das ist sehr schön zu sehen, vor allem weil dir deine Tage viel Energie zu rauben scheinen. Ich hoffe, du bist einigermaßen ausgeruht, wenn du dies hier liest. Wenn nicht, leg dich wieder schlafen und lies weiter, sobald du dich danach fühlst.

Ich kann es förmlich vor mir sehen, wie du diese kleine Falte auf deiner Stirn bekommst. Sie ist ein sicheres Zeichen dafür, dass du ein wenig verärgert bist über das, was ich schreibe. Du wirst dich fragen: was will Sarah eigentlich? Erst tut sie so geheimnisvoll, und dann soll ich mich selbst auf die Folter spannen und wieder schlafen?! Als ob ich das jetzt noch könnte!"

An dieser Stelle ließ George den Brief sinken und musste grinsen, denn so etwas Ähnliches schoss ihm in der Tat durch den Kopf. Dabei fühlte er mit einer Hand nach der Falte auf seiner Stirn. Tatsächlich - da war sie. Er nahm einen großen Schluck Wasser und starrte auf Sarahs Worte.

,Bin ich denn wirklich so leicht zu durchschauen oder verfügt sie einfach über eine sehr gute Beobachtungsgabe?'

Er hoffte, dass Letzteres der Fall war, denn an sich mochte er es nicht, wenn man ihn lesen konnte wie ein offenes Buch. So achtete er meist sehr genau darauf, wie er sich gab und hatte im Laufe der Zeit sein Pokerface perfektioniert. Doch das war jetzt erst einmal zweitrangig. George war neugierig, was Sarah ihm wohl noch alles zu sagen hatte. Er fand es schön, dass er etwas Schriftliches von ihr erhalten hatte - ein Geschenk -, denn so musste er sich nicht alles merken, sondern konnte ein paar Dinge später immer wieder nachlesen. Dies war äußerst praktisch, da ihm doch zurzeit so viele Gedanken im Kopf herum schwirrten, die er noch sortieren wollte. Da war ihm jede Entlastung willkommen. Er las weiter.

„Schön, dass du weiterliest und den Brief nicht bereits im Ofen verbrannt hast.

George, ich habe dich als einen sehr warmherzigen Menschen kennengelernt, in dem viel Lebensfreude und Abenteuerlust steckt. Diese ist allerdings gut verschanzt hinter diversen Mauern aus Angst, Selbstzweifel und einem starren Korsett, wie etwas - vor allem du selbst - zu sein hat. Wenn du vom Laufen erzählst oder auch wenn du dich an die Begegnung mit dem Adler erinnerst, kommt genau diese

Lebenslust zum Vorschein. Dann bist du genau der George, der du sein möchtest. Und ich glaube, es gibt noch wesentlich mehr Momente in deinem Leben, in denen dein Herz voraus läuft und dir den Weg weist. Aus einer mutigen Laune heraus folgst du ihm dann so lange, bis sich dein Verstand meldet und dich zurückpfeift. Er nennt dir dann 20-30 gute Gründe, weshalb du besser lassen solltest, was du da gerade tust. Das Problem daran ist, dass der Verstand recht unkreativ ist. Er kann sich nicht vorstellen, dass in deinem Leben positive Veränderungen eintreten, da dies nicht seine Aufgabe ist. Er ist ein Analytiker, der Berechnungen über den wahrscheinlichen Ausgang einer Handlung anstellt. Wenn es für dich nicht gut zu laufen scheint, bremst er dich, um dich vor Gefahren zu schützen. Leider sind seine Datenbanken total veraltet: er kann die neue Situation nur auf Grund bisher gemachter Erfahrungen beurteilen. Eine Variable X, die das Ergebnis in eine unvorhergesehene Richtung ändern würde, gibt es bei ihm nicht. Der Verstand ist sozusagen dein Bewahrer - er bewahrt dich vor Negativem, vor Schmerzen. Oft genug bewahrt er dich aber auch vor glücklichen Momenten und tiefen Emotionen. Doch genau das ist es, was dein Herz möchte: es möchte intensiv leben und jeden Moment auskosten - egal ob er Schmerz oder Freude bringt. Unsere Herzen sind stark. Sie überleben in der Regel jede Form des Schmerzes, wie sie jede Form *des Glücks überleben. Dass sie vor Schmerz zerbrechen oder vor Glück zerspringen, ist ein Mythos, solange sich der Verstand heraushält. Denn genau er ist es, der uns im Anschluss an vermeintlich verpatzte Situationen kommentiert mit einem ‚Siehste, ich hab's dir doch gesagt.' Das nächste Mal will er dann wieder über unser Handeln bestimmen und uns bewahren. Doch so bleibt das Leben eines Tages stehen. Es hört einfach auf, ein Leben zu sein, wenn wir den Mut verlieren und nichts mehr wagen. Dann existieren wir nur noch in unserer menschlichen Hülle, und alles um uns herum wird eine Art grau-beige. Wir machen gar keine Erfahrungen mehr - weder schöne noch unschöne. Dies möchte unser Herz nicht hinnehmen, denn es möchte ein buntes Leben mit schillernden Erfahrungen haben. Also lockt es uns immer wieder mit Versuchungen, denen wir irgendwann nachgeben. Es wirft uns attraktive Leckerbissen hin, um uns aus unserem Schneckenhaus herauszuholen. Nun hast du zwei Möglichkeiten: entweder wehrst du dich mit aller Macht dagegen und versuchst, deine Sinne beisammen zu halten oder du gibst ihm Stück für Stück nach und folgst ihm mutig. Sich gegen die Grundbedürfnisse des Herzens zu wehren, ist eine sehr kräfteraubende Angelegenheit. Das solltest du mittlerweile begriffen haben. Denn dieses Vorgehen hat dich dorthin gebracht, wo du jetzt stehst: in eine sehr festgefahrene Situation. Dein Verstand kann dir an dieser Stelle keine große Hilfe sein, denn er kennt nur die bisherigen Versuche, herauszukommen, die allesamt gescheitert sind. Also suggeriert er dir, es sei besser, in deinem Schneckenhaus zu bleiben, denn so schlecht wohnt es sich dort ja auch gar nicht.*

Was kannst du also tun?, fragst du dich jetzt bestimmt."

George nickte zustimmend und trank noch einen Schluck Wasser.

"Lass dir von deinem Herzen deine tiefsten Sehnsüchte und Wünsche zeigen. Lass sie erst einmal zu und akzeptiere, dass du sie hast. Du musst zunächst noch gar nicht wissen, wie du sie umsetzen kannst.

Erinnerst du dich an die Frage, die ich dir am Abend gestellt habe? - Welche Erfahrungen und Erlebnisse machen dich satt? - Sie ist ein guter Wegweiser zu deinen wahren Wünschen. Schreibe sie auf, und dann finde ihre Gemeinsamkeiten. Denn all diese Erlebnisse sind ein Ausdruck deiner wahren Bedürfnisse. An dieser Stelle darf dein Verstand selbstverständlich bei der Analyse mithelfen. Das muss er sogar, denn darin ist er Profi. Wenn du herausgefunden hast, was du wirklich willst in deinem Leben, also was hinter den oberflächlichen Wünschen steckt, kannst du darauf eingehen, wie du sie erfüllen kannst. Hier kommen dann die Zufälle und Geschen-

ke des Lebens ins Spiel. Sie alle sind Teil der Schatzsuche oder Schnitzeljagd, um dich zunächst auf deinen eigenen Weg zurück zu locken und dich anschließend darauf zu halten. Also achte auf das Gefühl, von einem Erlebnis völlig satt zu sein und halte Ausschau nach den glücklichen Fügungen. So gehst du langsam und Schritt für Schritt weiter in deinem Leben. Wenn du es nicht möchtest, müssen es keine sehr dramatischen Veränderungen sein. Bleib einfach in Bewegung und sei neugierig darauf, was auf dich zukommt.“*

George lächelte, als er das las. In Sarahs Augen war die Welt wirklich eine große Entdeckungsreise. Wenn er doch auch nur ihre Zuversicht hätte, dass sich alles zu seinem Besten entwickeln würde. Aber vielleicht gehörte genau das ja auch zu seinem Weg dazu: das Zweifeln und das viele Denken. Er sah wieder auf den Brief und las weiter.

„Der Verstand ist allerdings ähnlich hartnäckig wie das Herz. Mit ein bisschen Analyse lässt er sich nicht wirklich abspeisen. Er möchte auch Dinge detailliert planen, Risiken abwägen und die Pläne dann erfolgreich umsetzen - ganz stolz darauf, an alles gedacht zu haben. Um ihn in das gleiche Boot zu setzen, in dem auch dein Herz rudert, versuche es mit *folgender Frage: Was würdest du tun, wenn du wüsstest, dass du auf jeden Fall erfolgreich bist?"*

George runzelte die Stirn. Was soll denn eine solche hypothetische Frage?

"Ja, ich weiß, warum soll man etwas planen, das man eventuell doch nicht umsetzt?"

George lachte auf. Sogar beim Briefschreiben konnte sie seine Gedanken erahnen. Nicht zu fassen.

"Das Schöne an der Frage ist, dass sie deinen Verstand beruhigt. Er kann in aller Ruhe bis ins Detail Entwürfe erstellen und verwerfen, da du ja noch gar nicht entschieden hast, überhaupt einen Schritt zu tun. Somit muss er dich vor keiner Gefahr bewahren, da du in der Theorie gar nicht in Gefahr geraten kannst. Und dein Herz kann all seine Kreativität loswerden und sich alles wünschen, was es möchte. Sollte bei dieser kreativen, theoretischen Planung etwas Interessantes dabei sein, das auch für deinen Verstand umsetzbar ist, dann wähle genau diese Idee. Auf diese Weise hast du spielerisch einen Weg gefunden, um Verstand und Herz in die gleiche Richtung rudern zu lassen: in ein zufriedenes oder sogar glückliches Leben.

George, ich weiß, ich lasse diese Dinge immer sehr einfach erscheinen. Und das können sie tatsächlich auch sein. Wichtig dabei ist dein Mut: der Mut, anzufangen und der Mut, dranzubleiben. Aber glaub mir, du wirst immer wieder Menschen um dich herum treffen, die dir helfen, mutig zu sein, sollte er dir eines Tages mal abhandenkommen...

Wie du siehst, habe ich Wort gehalten, und aus den Zeilen sind Seiten geworden. So bin ich eben: immer zu Diensten, wenn man mich braucht.

George, ich wünsche dir alles erdenklich Gute auf deinem Weg. Solltest du mich wirklich einmal brauchen, findest du mich.

Alles Liebe, Sarah

P.S. Hier kommt bereits eine Portion Mut für den Start in dein neues Leben: ich habe extra ein paar leere Blätter und einen Stift da gelassen, da ich nichts dergleichen in dieser sonst wunderbar ausgestatteten Hütte finden konnte. Notier dir in den nächsten Tagen deine Antworten auf die beiden Fragen:

Welche Erfahrungen und Erlebnisse machen dich satt?

Was würdest du tun, wenn du wüsstest, dass du auf jeden Fall erfolgreich bist?

P.P.S. Danke für das überaus leckere Essen, den tollen Wein und einen wunderbaren und inspirierenden Tag/Abend/Nacht!"

George sah vom Brief auf und faltete das Papier sorgsam zusammen. Dann hob er das Kissen hoch, auf dem er geschlafen hatte und suchte nach dem Stift. Tatsächlich, dort auf dem Sofa lag ein Filzstift, der genauso grün war wie Sarahs Auto. George musste lächeln. Es war so, als hätte sie ihren gesamten Wagen mit diesem Filzstift bemalt. Wieder überkam ihn Traurigkeit, dass sie weg war. Sie hatte sich verabschiedet, das stimmte wohl, und sie hatte ihm auch weitere Anregungen zum Nachdenken überlassen, aber er konnte sie nicht mehr fragen, wenn etwas unklar war. Er müsste es allein herausfinden, was er zu sagen hatte. Und vermutlich war es genau das, was Sarah mit ihrem Verschwinden und dem Brief mit den leeren Seiten bezwecken wollte. Dies war ja auch sein ursprünglicher Plan, als er die Fahrt in die Berge das erste Mal ins Auge gefasst hatte: Allein zu sein und Ruhe zum Nachdenken zu haben. Doch nun fühlte er sich nicht allein, sondern einsam. Das erste Mal seit langem sehnte er sich nach einem anderen Menschen. Sonst war er meist froh, wenn er abschalten konnte und niemand bei ihm war, der etwas von ihm wollte. Aber mit Sarah war es anders gewesen: sie wollte nichts von ihm, sie verlangte nichts. Im Gegenteil, sie war einfach für ihn da - selbst sein Zusammenbruch am Abend schreckte sie nicht ab. Und sie ließ sich auch nicht von seiner Mauer aus abwehrender Haltung verjagen. Sogar seine Fragen, wenn ihm nicht sofort klar wurde, worauf sie hinaus wollte, beantwortete sie geduldig. Einem solchen Menschen, der einfach nur gibt und bei dem man sich gut aufgehoben fühlt, war George bisher nur selten begegnet. Und er hatte ganz vergessen, wie gut es tat, loszulassen und einfach anzunehmen, was kommt.

George gähnte und schaute auf die Uhr. Es war kurz vor sechs, bald würde die Sonne aufgehen. Doch als er ans Fenster trat, sah er einen wolkenverhangenen Himmel. Es war kein einziger Stern zu sehen. Also konnte er genauso gut ins Bett gehen und noch ein paar Stunden schlafen. Dieser Gedanke war so verlockend, dass er schon nach ein paar Minuten unter die Decke schlüpfte und sofort einschlief. In seinen Träumen war er wieder im Wald, beobachtete ein paar Krähen und fand schließlich den Weg zu der Bank am Abhang, auf die er sich setzte und einfach nur das Tal beobachtete.

Als George erwachte, fühlte er sich so erholt, wie schon lange nicht mehr. So gut, so tief und fest hatte er seit Ewigkeiten nicht geschlafen. Er reckte und streckte sich und gähnte herzhaft. Sein Magen meldete sich mit einem lauten Knurren, und George sprang aus dem Bett. Im Schlafanzug tapste er zum Ofen und prüfte, ob noch ein Rest Glut vorhanden war. Aber das Feuer war völlig erloschen. Also ragte George die Asche zusammen, füllte sie in den dafür vorgesehenen

Eimer und legte Holz nach. Mit einem Streichholz zündete er es an, und es dauerte nicht lange, bis die Scheite in den Flammen knackten. Da es in der Hütte etwas kalt geworden war, legte sich George eine Decke um die Schultern und schaute wieder aus dem Fenster. Es war noch immer diesig und trüb. Man konnte kaum die nahe gelegenen Berge erkennen, und er hatte den Eindruck, als sei er von der Außenwelt abgeschnitten. Dies verstärkte sein Gefühl, völlig allein zu sein. Und doch bot ihm die Wand aus Nebel einen gewissen Schutz, denn auch er wurde von außen nicht gesehen. Das würde ihm bei der Suche nach Antworten helfen - eingehüllt von der Natur konnte er sich ganz öffnen und ungestört nachdenken.

George ging zur Kochnische und bereitete sich sein Frühstück zu. Damit setzte er sich an den Tisch, um in aller Ruhe zu essen. Das tat er sonst eher selten, wenn er allein war. Dann vergaß er meist, sich Zeit zum Essen zu nehmen. Dies geschah in der Regel unterwegs oder zwischendurch auf die Schnelle. Aber dass er bewusst aß und sich nur darauf konzentrierte, war nicht üblich. Doch an diesem Morgen wollte er alles ganz bewusst wahrnehmen, was er zu sich nahm. Er sah sich seinen Teller an, auf dem eine Scheibe Brot lag - belegt mit Käse und sogar Tomaten und Gurken. Daneben stand eine Tasse mit dampfendem Tee. George sog den Duft durch seine Nase ein. Dann setzte er die Tasse an den Mund, nahm einen großen

Schluck und fluchte innerlich. Der Tee hatte ihm den Gaumen und die Zunge verbrannt. In seinem Drang, seine Aufmerksamkeit auf den Genuss des Essens zu lenken, hatte er vergessen, dass er sich den Tee erst kurz vorher aufgebrüht hatte und er immer noch um die 90 Grad haben musste. George sprang auf, rannte zur Spüle, spuckte den Tee hinein und nahm einen großen Schluck Wasser, um sich seinen verbrannten Mund zu kühlen. Vorsichtig tastete er mit der Zunge sein Zahnfleisch und den Gaumen ab: zum Glück keine Brandblasen. Nur seine Zunge selbst war etwas rau.

‚Nun gut‘, dachte George, als er sich wieder an den Tisch setzte. ‚Dann werde ich es erst mit meinem Brot versuchen.‘

Doch als er hineinbiss, durchzuckte ihn wieder ein Schmerz. Die Säure der Tomaten brannte an den verletzten Stellen in seinem Mund.

‚Prima‘, ärgerte sich George. „Jetzt will ich endlich einmal mein Essen bewusst genießen und dann sowas.‘

Ihm war der Appetit schlagartig vergangen, sodass er aufstand, seinen Teller mit Folie abdeckte und in den Kühlschrank stellte.

„Dann esse ich es eben später“, sagte George laut zu sich selbst.

Danach überlegte er, was er als nächstes tun könnte. Bei dem Wetter war es wenig sinnvoll, im

Wald herum zu spazieren. Er würde ja doch nicht viel entdecken können. Aber er hatte auch keine Lust, sich schon mit Sarahs Fragen zu befassen und sich dazu Notizen zu machen. Er müsste erst einmal die Erkenntnisse der letzten Nacht sacken lassen. Daher entschied sich George für das Naheliegende.

Nach dem Zähneputzen zog er sich seine Trainingssachen an, legte seine Pulsuhr um und schlüpfte in seine Laufschuhe. Als er vor die Hütte trat, empfing ihn die eisige Winterluft. Aber sie war sehr klar, wie er nach einem tiefen Atemzug feststellte - beste Bedingungen für einen ausgiebigen Lauf. Dieses Mal wollte George die andere Richtung erkunden. Wenn er sich auf dem für die Autos geräumten Weg hielt, würde er gut vorankommen und auch nicht Gefahr laufen, sich zu verirren.

Schon die ersten Meter nahmen George seinen Anflug von Traurigkeit und Einsamkeit. Seine Beine wussten automatisch, was sie zu tun hatten und führten ihn durch die verschneite Berglandschaft. Selbst bei diesem trüben Wetter hatte sie nichts von ihrem Zauber eingebüßt. Sie zeigte lediglich eine andere Facette ihrer Schönheit.

George lief in einem ruhigen Tempo den gut geräumten Weg entlang. Da es seit ein paar Tagen schon nicht mehr geschneit hatte, fanden seine Füße ordentlich Halt. Der Weg schlängelte sich leicht den

Hügel hinab und führte ihn in Richtung Dorf. Doch dorthin wollte George nicht laufen. Er wollte die mystische Atmosphäre der Natur genießen und hatte keine Lust, schon wieder in die Zivilisation einzutauchen. Also bog er stattdessen nach links ab. Er konnte zwar nicht genau erkennen, wohin dieser Weg letztendlich führte, da er hinter einer Kurve verschwand, aber George fand, er hätte ein gutes Gespür für Richtungen, zumindest auf dem freien Feld. Und wenn er sich nicht allzu sehr täuschte, würde er nach einiger Zeit oberhalb der Hütte landen. Dann konnte er immer noch überlegen, wie er dorthin zurück gelangte, sollte es keinen geräumten Weg geben. George lief an den verschneiten Feldern vorbei, die bei dem dichten Nebel weder glitzerten noch funkelten. Hin und wieder sah er die Fährten der Tiere, die wie er unterwegs waren; aber die Tiere selbst konnte er nirgendwo ausmachen. George schaute in den Himmel - vielleicht würde er den Adler von gestern wieder treffen. Aber auch dort war nichts als eine dicke weiß-graue Wolkendecke zu sehen. Kein Adler, der seine Kreise zog. Wieder fühlte George sich allein. Nicht einmal die Tiere leisteten ihm Gesellschaft.

‚Was soll's', dachte er. ‚Ich bin ja in erster Linie für mein Lauftraining nach draußen gegangen und nicht, um die Natur zu beobachten.'

Somit konzentrierte er sich weiter auf den Weg vor sich, um den vereisten Stellen auszuweichen, die hier und da auftauchten. Er konnte es sich nicht leisten, darauf auszurutschen und sich womöglich etwas zu verstauchen oder den Hals zu brechen. Sein Handy lag weiterhin unberührt in der Schublade, in der er es kurz nach seiner Ankunft verstaut hatte. Und bei diesem Wetter war vermutlich kein anderer Mensch unterwegs, und demnach würde ihn auch niemand rechtzeitig finden, wenn er sich selbst nicht fortbewegen könnte. Und George wollte nicht auf diesem Berg erfrieren. Also gab er darauf Acht, wohin er trat.

Da er sich so sehr auf den Weg und seine Füße konzentrierte, merkte er nicht, wie rechts von ihm eine Gestalt aus dem Nebel auftauchte und über die Wiese auf ihn zukam.

„Hallo George", rief die Gestalt, dick eingepackt in Winterjacke, Schal und Handschuhe. Auf dem Kopf trug sie eine warme Wollmütze.

George blickte sich suchend um. Hatte da nicht jemand seinen Namen gerufen? Er konnte niemanden erkennen und lief weiter.

Wieder rief die Stimme, diesmal hinter ihm: „Hey George."

George drehte sich abrupt um, damit er sehen konnte, wer nach ihm rief und achtete nicht mehr auf den Weg vor sich. Dabei übersah er eine große Eisfläche, verlor den Halt und rutschte aus. Er landete unsanft auf dem Boden und fluchte laut.

„Na toll, das hat mir gerade noch gefehlt. Mitten in dieser verlassenen Gegend. Mich wird doch niemand finden, ich werde erfrieren.“

Er versuchte, aufzustehen, doch durch das Eis rutschte er immer wieder aus. Er fluchte erneut.

Plötzlich sah er eine Hand vor sich und schaute nach oben - direkt in Sarahs blitzende Augen, die sich fast schüttelte vor Lachen.

Dennoch war sie sehr bemüht, ernst zu klingen, als sie sagte: „Du wirst nicht erfrieren. Ich bin ja da und rette dich.“

George griff nach Sarahs Hand und zog sich daran hoch. Ein Schmerz durchfuhr ihn. Morgen würde ein großer blauer Fleck seinen rechten Oberschenkel in schillernden Farben tätowiert haben. Vorsichtig machte er ein paar Schritte - seine Knie und auch die Bänder in den Waden waren intakt: nichts war verdreht, überdehnt oder gebrochen. Trotzdem ärgerte sich George, zum zweiten Mal an diesem Morgen verletzt worden zu sein.

Daher brummte er nur: „Wärst du nicht gewesen, hätte ich gar keine Rettung nötig!“

„Ach, es war doch nur eine Frage der Zeit“, lachte Sarah, „bis du auf dem Eis ausgerutscht wärst. Dort oben auf dem Hügel wird es noch schlimmer. Aber sicherlich hast du dein Handy dabei und kannst Hilfe holen.“

‚Erwischt‘, dachte George.

Er machte ein betretenes Gesicht und gab zerknirscht zu: „Nein, das liegt in der Hütte.“

Und patzig fügte er hinzu: „Ich hätte hier oben sowieso keinen Empfang!“

Sarah schien sehr amüsiert zu sein. „Glaubst du das oder weißt du das mit Sicherheit?“

„Naja, wir sind hier in den Bergen. Woher sollte ich den Empfang nehmen? Ich habe schließlich kein Sattelitentelefon!“

„Hast du dein Handy seit deiner Ankunft schon benutzt?“, fragte sie.

„Nein. Ich wollte schließlich Abstand haben zu meinem Alltag“, gab George zu bedenken.

„Das ist richtig“, stimmte Sarah zu, „aber dann kannst du auch nicht wissen, ob du wirklich keinen Empfang hast.“

George nickte verlegen. Sie hatte mal wieder recht. Dieser Punkt nervte ihn, auch wenn er sich freute, sie wieder zu sehen.

„Wir sollten hier nicht nur herumstehen. Mir wird langsam kalt, und ich brauche Bewegung“, sagte er schließlich, als er sein Zittern bemerkte.

Er wollte gerade in die Richtung weitergehen, die er sich ursprünglich vorgenommen hatte, als Sarah fragte: „George, wie lange soll deine Runde eigentlich dauern?“

„Warum?“, fragte er verständnislos.

„Weil dieser Weg dich mindestens noch zwölf Kilometer von der Hütte weg führt. Erst danach kannst du abbiegen und dich dorthin durchschlagen - sofern du weißt, welchem Weg du an den Gabelungen folgen musst. Dort oben verzweigt es sich sehr, und bei dem Nebel kannst du die Hütte erst erkennen, wenn du fast vor ihr stehst. Du musst also über eine unglaubliche Intuition verfügen oder deinen Weg sehr genau kennen. Selbst mit Karte wird es schwierig. Hast du denn wenigstens die dabei?"

George hüstelte nur und schob mit seinem Fuß verlegen einen kleinen Stein hin und her.

Sarah lächelte ihn an. „Ich sehe schon, du brauchst dringend Hilfe. Dann führe ich dich mal sicher nach Hause. Ist es in Ordnung, wenn wir einfach nur schnell gehen? Du weißt ja, ich bin keine gute Läuferin."

Sie zwinkerte ihm zu.

George lachte und nickte: „Ja - ja, das ist schon in Ordnung, solange wir in Bewegung bleiben und nicht allzu langsam werden."

„Ich gebe mir die größte Mühe, die schnellste Schnecke zu sein, die du je in deinem Leben gesehen hast."

Sie lachte ihr heiteres und leichtes Lachen, sodass George für einen Moment seinen schmerzenden Oberschenkel vergaß. Wie am Vortag gingen sie eine Weile schweigend nebeneinander her.

‚Sarah legt wirklich ein gutes Tempo vor', dachte George anerkennend.

Und er empfand es wieder als sehr angenehm, mit einem anderen Menschen schweigen zu können.

Nach einer Weile sagte Sarah: „Weißt du, George, der Fortschritt und die Technik haben sogar das einfache Volk hier in den Bergen eingeholt."

Dabei grinste sie ihn an.

George war verwirrt, in Gedanken war er gerade bei dem herrlichen Mondaufgang der letzten Nacht.

„Wie meinst du das?"

„Du kannst es zwar durch den Nebel nicht sehen, aber dort hinten gibt es einen Sendemast für den Mobilfunk."

Sie zeigte mit ihrem Finger in die entsprechende Richtung. Dann drehte sie sich um.

„Und dort hinten ist der nächste. Meinst du denn, die Leute im Dorf wollen auf ihr Handy und das Internet verzichten? Sie genießen beides, den Fortschritt und den Luxus der Ruhe an diesem Ort."

George wurde ganz verlegen. Er wagte kaum, Sarah anzusehen. Wie hatte er nur so arrogant sein können?

„Du könntest überlegen, wie schnell du deine Urteile fällst", meinte Sarah ernst. „Manchen Menschen genügen ein paar knappe Informationen. Dann ziehen sie ihre Schubladen auf und stopfen die Person vor sich hinein - ob es nun passt oder nicht. Sie machen sich nicht die Mühe, mehr Fakten zusammen zu tragen, um die Situation von verschiedenen Perspektiven zu beleuchten. Und selbst wenn sie viele Informationen zusammen getragen haben, bleibt die Frage, ob ihr Urteil angemessen ist. Möglicherweise fehlt ihnen immer noch genau das entscheidende Puzzleteil."

Sarah wirkte verärgert - eine Seite, die George noch nicht an ihr kannte.

Daher sagte er: „Es tut mir leid, wenn ich dich mit meinem Verhalten verletzt habe."

„Ach George, die Sache mit dem Handy hat mich nicht verletzt. Es geht um grundsätzliche Dinge. Und ich möchte auch nicht sagen, dass du deine Schubladen vorschnell öffnest. Ich weiß ja nicht einmal, ob du überhaupt Schubladen benutzt - mal abgesehen davon, dass du dein Handy dort hineinlegst."

Jetzt lächelte sie ihn an.

Ihre Worte hallten noch in George nach, als sie wieder schweigend weiter gingen.

,Bin ich vorschnell in meinem Urteil? Urteilt ich überhaupt?', fragte er sich.

Das taten vermutlich viele Menschen, auch er konnte sich nicht davon freisprechen. Aber normalerweise ließ er sich Zeit, um sich ein umfangreiches Bild zu machen. Und wenn er urteilte, dann meist über sich selbst.

Wieder war es Sarah, die das Schweigen unterbrach.

„Weißt du, George, viele Menschen machen sich kaum die Mühe, ihre Perspektive zu wechseln. Sie können nur sehen, was gerade mit ihnen selbst geschieht. Aber manchmal wäre es gut, wenn sie sich in den anderen hineinversetzen und sich fragen: Was ist sein persönlicher Grund, so zu handeln? Das macht eine festgefahrene Situation zwar nicht leichter, aber sie bekommen etwas mehr Verständnis für ihr Gegenüber, weil sie seine Beweggründe nachvollziehen können.“

‚Da ist etwas dran‘, dachte George.

Auch er hatte schon häufiger beobachtet, wie vorschnell Menschen eine Situation abhakten. Und es stimmte, viele konnten sich aus irgendeinem Grund nicht eingestehen, dass der andere ebenfalls einen guten Grund für sein Handeln hatte.

‚Bin ich auch so?‘

Nicht ganz. Denn er verurteilte nicht den anderen, sondern fragte sich die meiste Zeit, was er selbst falsch machte, um den anderen dazu zu bringen, so mit ihm umzugehen. Er fragte sich selten, ob sein Gegenüber vielleicht nur einen schlechten Tag oder eigene Probleme hatte, die ihn so agieren ließen. Und er machte sich nie bewusst, dass er selbst überhaupt nicht der Grund für die Handlung sein könnte, sondern nur derjenige, der den Ärger oder Frust abbekam - dass er nur das Ventil war. Diese Sichtweise fand George sehr interessant, und er nahm sich vor, zukünftig mehr darauf zu achten.

„Sarah, was machst du eigentlich hier?", fragte er nach einer Weile ganz unvermittelt.

Sie lachte.

„Ich habe dir doch gesagt, ich bin da, wenn du mich brauchst. Und ich konnte dich ja schlecht vom Weg abkommen lassen, wo du dich letzte Nacht so gut geschlagen hast. Nicht dass du unterwegs den Mut verlierst, weiter zu gehen."

Sie blitzte ihn aus ihren blassgrauen Augen an, und George überkam das unbestimmte Gefühl, dass sie nicht nur seine Joggingrunde meinte, auf der er sich ohne sie heillos verlaufen hätte.

„Hast du dir schon Gedanken zu den beiden Fragen gemacht?", fragte Sarah.

„Nein", gestand George und schmunzelte. Offenbar konnte auch er die Gedanken anderer erraten und nicht nur Sarah. „Das hatte ich mir für den Zeitpunkt vorgenommen, sobald ich frisch geduscht mein Mittagessen verputzt habe."

Er sah sie an. „Warum fragst du?"

„Nun, ich dachte, dass ich dir vielleicht auch dabei noch ein wenig behilflich sein könnte. Letzte Nacht sind wir dazu ja nicht mehr gekommen, da du so tief und fest geschlafen hast. Ich wollte dir deine Ruhe und Erholung gönnen, daher bin ich leise weg geschlichen, ohne mich persönlich von dir zu verabschieden."

94

„Wärst du dafür noch einmal zur Hütte zurückgekommen?", fragte George mit einem Anflug von Hoffnung, dass sie ihn wiedersehen wollte.

„Nein", gab sie ehrlich zu. „Das hatte ich nicht geplant, denn ich wollte, dass du ungestört über alles nachdenken kannst. Diese Fragen brauchen einfach Zeit und sind nicht sofort zu beantworten. Aber erste Ideen fallen normalerweise jedem, der sich darauf einlässt, recht zügig ein. Und irgendwann ergibt sich ein rundes Bild, das dir weiterhilft, deinen Weg zu gehen."

Sie schwieg eine Weile, dann fuhr sie fort.

„Allerdings hatte ich heute Morgen den Impuls, spazieren zu gehen - und zwar genau hier. Frag mich nicht, wie ich dazu kam, diesem Impuls zu folgen, vor allem bei dem schlechten Wetter ohne großartige Aussicht. Aber nun weiß ich, dass es richtig war. Hinterher wird einem vieles klar, wenn man mehr Informationen über die Hintergründe und Zusammenhänge hat."

Sie grinste George herausfordernd an.

„Na schön", platze er heraus und fing an zu lachen. „Du hast gewonnen. Ich habe tatsächlich angenommen, dass ihr euch hier oben vor dem Fortschritt verschließt und von der Außenwelt abgeschottet seid. Und: Ich bin ein Idiot. Vor allem, weil ich mich weder über den Strom noch über das fließende Wasser gewundert habe."

George hob zwei Finger der rechten Hand und legte die linke auf seine Brust.

„Aber ich gelobe feierlich Besserung. Und vor allem versuche ich in Zukunft, hinter die Kulissen zu schauen. Scheint spannend zu sein, was man dort alles erfährt."

Er zwinkerte Sarah zu und konzentrierte sich wieder darauf, wohin er trat, um nicht wieder auszurutschen.

Als er schließlich aufschaute, stellte George verwundert fest, dass sie bereits direkt an der Hütte waren. Ihm war der Hinweg viel länger vorgekommen, aber wahrscheinlich hatte Sarah eine Abkürzung gewählt, damit er aus der Kälte kam.

An der Hütte angekommen, suchte er seine Schlüssel und fand sie nicht. Verzweifelt durchwühlte er seine Taschen und klopfte die Hosenbeine ab.

‚Mist, wo sind sie nur', dachte er.

Dann fiel sein Blick auf die Tür, und er jaulte auf. Das konnte doch nicht wahr sein, er hatte sie tatsächlich stecken lassen. So durcheinander wie an diesem Morgen war er noch nie gewesen. In drei großen Schritten war er an der Tür und schloss sie auf. Sarah schien die Szene zu belustigen, sie sagte aber nichts, sondern lachte still in ihren Schal hinein. Dafür war George sehr dankbar, denn ihm war es ziemlich peinlich, vor Sarah eine weitere Schwäche einzugestehen.

Sie traten sich den Schneematsch von den Schuhen und gingen hinein. George sah, dass das Feuer im Ofen fast erloschen war und legte Holz nach, um es wieder in Gang zu bringen. In der Zwischenzeit zog Sarah ihre Wintersachen und die Schuhe aus und machte es sich ganz selbstverständlich im Sessel gemütlich; so als wären sie gemeinsam spazieren gewesen und hätten sich nicht nur zufällig getroffen.

„Setz dich doch", war Georges Kommentar dazu.

„Möchtest du etwas trinken, um dich aufzuwärmen?"

„Mach dir keine Umstände", erwiderte Sarah leichthin. „Ich koche mir gleich selbst einen Tee. Möchtest du auch einen haben?"

„Gerne. Der Kessel steht noch auf dem Herd, und den Tee findest du im Vorratsschrank. Ich gehe dann mal unter die Dusche."

Sarah stand auf und machte sich in der Kochnische zu schaffen. Sie setzte frisches Wasser auf und wählte für beide einen Früchtetee aus. Dann sah sie im Kühlschrank nach, was sie zum Mittag essen konnten. Sie holte den Topf Nudeln und den Salat heraus. Die Nudeln stellte sie auf den Herd und wärmte sie langsam auf. Anschließend schnitt sie noch eine Tomate sowie ein paar Scheiben Gurke und füllte damit den Salat auf. Das würde für sie beide reichen.

Als George aus der Dusche trat, konnte er bereits seine Spinatnudeln vom Vorabend riechen, ein herrlicher Duft. Er beeilte sich mit dem Anziehen und war kurze Zeit später im Wohnzimmer. Gerade als er es sich auf dem Sofa bequem machte, pfiff der Wasserkessel auf dem Herd. Er sprang auf, um ihn von der Kochplatte zu nehmen, doch Sarah war schneller am Herd und drehte die Platte aus. Das Pfeifen wurde leiser, und der Kessel verstummte. In der Hütte war nichts zu hören außer dem beruhigenden Knacken im Ofen. Sarah hatte bereits Holz nachgelegt.

In dieser Stille überlegte George, was er noch tun könnte. Der Tisch war schon gedeckt, und Sarah goss inzwischen das kochende Wasser in ihre beiden Becher. Also stand George nur da und beobachtete sie dabei. Sarah schien seinen Blick zu spüren, denn sie hob ihre Lippen zu einem breiten Grinsen ohne dabei von den Bechern aufzusehen.

„Mache ich das richtig so?", fragte sie ihn neckend.

„Hm, fast", auch George grinste. „Vielleicht noch einen Hauch mehr Wasser in meine Tasse bitte, sonst wird er mir zu stark."

„Wird gemacht", antwortete Sarah.

Dann beugte sie sich dicht über Georges Becher und goss ganz behutsam einen Schluck Wasser nach.

„So, das wäre geschafft", stellte sie zufrieden fest. „Ich kann ja nicht verantworten, dass der Herr einen

Vitaminschock bekommt und davon den ganzen Nachmittag unruhig durchs Zimmer läuft.“

Beide lachten laut auf wie kleine Kinder, die sich einen urkomischen Witz erzählten. Kichernd nahm Sarah die Teebecher und stellte sie auf den Tisch. Dabei vergoss sie etwas Tee.

„Oh nein“, rief sie. „Schnell, hol den Kessel, bevor er wieder zu stark wird!“

George sprintete los, schnappte sich den Kessel vom Herd und füllte beide Becher vorsichtig auf. Wieder begannen beide zu lachen und setzten sich an den Tisch.

„Das ist verrückt“, stellte George fest.

„Wieso?“, fragte Sarah, aufrichtig verwundert.

„Weil wir uns benehmen wie kleine Kinder“, bemerkte George und musste ein weiteres Lachen unterdrücken.

„Das verstehe ich nicht. Dürfen denn nur Kinder lachen?“

Sarah war sichtlich irritiert.

„Nein, das meine ich nicht. Es ist nur, dass wir uns gerade über etwas kaputt gelacht haben, über das eigentlich nur Kinder lachen.“

„Ach so“, sagte Sarah nur und zuckte die Schultern.

Dann schwieg sie und füllte sich ihren Teller mit Salat und Nudeln. Auch George nahm sich und bemerkte erst jetzt, wie hungrig er doch war. Aber das war auch kein Wunder, nachdem er sein Frühstück hatte stehen lassen. Bevor er einen Bissen nahm, schaute er sich seinen Teller an. Es sah wirklich sehr lecker aus, und er freute sich schon auf das Essen. Dann sog er den verlockenden Duft tief ein, sodass seine Lungen ganz erfüllt davon waren. Anschließend piekte er mit der Gabel eine Nudel auf sah sie sich noch einmal sehr genau an. Er schloss die Augen und steckte sie in den Mund. Dann begann er langsam zu kauen. Lecker, stellte er zufrieden fest. Sogar noch besser als gestern Abend. Als er die Augen wieder öffnete, traf er direkt auf Sarahs Blick. Sie schien ihn in die ganze Zeit beobachtet zu haben.

„Und?", fragte sie ihn.

„Sehr lecker", stellte er fest, „ich bin schon ein begnadeter Koch!"

Wieder prusteten beide unkontrolliert los. Sie lachten, bis ihnen die Tränen über die Wangen liefen und ihre Bäuche wehtaten. Sobald sich einer von ihnen beruhigte, steckte ihn der andere mit einem Kichern wieder an. Wortlos aßen sie weiter. Die Stille wurde nur gelegentlich von einem kurzen Kichern unterbrochen.

„So, George", sagte Sarah und blickte ihm tief in die Augen, „dann erklär mir doch mal, warum Erwachsene sich nicht ausschütten dürfen vor Lachen."

Sie blitzte ihn herausfordernd an.

George nahm einen Schluck Tee und dachte kurz nach. „Na weil...", begann er.

„Weil Erwachsene das eben nicht tun. Deshalb beneide ich auch immer die Kinder, die sorgenfrei und unbeschwert durchs Leben gehen. Sie spielen und lachen und sehen die Welt als eine große Schatztruhe an, in der es immer neue Abenteuer zu entdecken gibt."

Er schwieg und hing Erinnerungen an seine eigene Kindheit nach.

„Hm, da hast du wohl recht", bestätigte Sarah. „Hast du eine Idee, warum das so ist?"

George nickte langsam.

„Wir Erwachsene nehmen immer alles so ernst. Und viele sind der Meinung, wenn etwas zu leicht und spielerisch erscheint, kann es nicht gut sein. Wir müssen alles nüchtern betrachten, alle Risiken abwägen und uns einen Kopf darüber machen, welche Konsequenzen unser Handeln haben könnte. Und irgendwie vergessen wir dabei, das Leben und vor allem den Augenblick zu genießen. Mit diesen vielen Gedanken, die im Kopf kreisen, sehen wir gar nicht die Abenteuer und Schätze in unserer Umgebung."

Er blickte lange in seinen Tee, als ob er dort noch weitere Antworten finden würde.

„Und was ist so schlimm daran, ab und zu mehr Schätze zu entdecken und das Leben spielerisch anzugehen?", fragte Sarah behutsam.

„Dann nimmt dich keiner mehr ernst!"

Dies war eine Feststellung, die keinen Zweifel zuließ.

„Bist du sicher?"

„Ja!"

„Hast du es denn schon einmal ausprobiert?", hakte Sarah nach.

„Nein, das nicht", gab George zu. „Aber ich sehe es ja bei anderen Menschen in meiner Umgebung. Und selbst ich beurteile die anderen anders und nehme sie nicht für voll, wenn ich den Eindruck habe, sie hätten sich nicht genug Gedanken zu dem Thema gemacht." Wieder dachte George lange nach, und auch Sarah schwieg.

Dann fragte sie: „Willst du vielleicht mal ausprobieren, wie es ist?"

„Was denn?"

„Mehr wie ein Kind zu sein?"

„Ganz ehrlich? Ich weiß es nicht. Aber... nein, vermutlich nicht."

„Was machen Kinder denn anders als Erwachsene?", fragte Sarah und sah ihn aus großen Augen an.

Ihr Blick ruhte sanft auf ihm, er hatte nichts Forderndes - im Gegenteil. Dieser Blick brachte George Ruhe und Klarheit. Er fühlte sich fast schon geborgen, obwohl sie ihn nicht berührte, nur ansah. Aber dieser Blick umhüllte ihn und gab ihm das Vertrauen, dass es egal war, was er sagte, solange es seine eigenen Gedanken waren und nicht vorgefertigte Meinungen, die er irgendwann einmal übernommen hatte. Egal, was er sagte, es war immer das Richtige. Das hatte Sarah ihn mittlerweile gelehrt.

Jetzt dachte er über ihre Frage nach.

‚Was machen Kinder anders als Erwachsene?‘

Nun, das konnte ganz viel sein. Also sprach er den ersten Gedanken aus, der ihm in den Sinn kam. „Also, ich glaube, Kinder sind einfach sorglos. Ja, das sind sie. Sie versinken im Augenblick und machen sich meist keine Gedanken, wie es morgen weiter geht. Sie gehen immer davon aus, dass alles gut wird und dass immer jemand da ist, der ihnen hilft. Zumindest wenn es gut läuft und sich die Eltern ausreichend um sie kümmern.“

„Ja“, erwiderte Sarah langsam und kaute andächtig auf einem Stück Tomate, „wenn es gut für sie läuft, sind Kinder die wahren Schöpfer des Lebens.“

George verschluckte sich fast an seinem Tee und bekam einen Hustenanfall.

Nachdem er sich beruhigt hatte, fragte er bloß: „Wie? Was? Schöpfer?“

‚Sarah immer mit ihren tiefsinnigen Vergleichen. Nie begreife ich, worauf sie hinaus will.‘

Normalerweise würde er sich in einer solchen Situation klein und unwissend vorkommen, was ihm immer sehr unangenehm und peinlich war. Aber Sarah machte ihn erstaunlicherweise einfach nur neugierig. Er wollte gerne ihre Erklärung hören. Sie hatte absolut nichts Belehrendes oder Rechthaberisches an sich - es war eine simple Erklärung, wie sie die Welt sah.

„Naja", begann Sarah, „was bedeutet denn der Begriff Schöpfer?"

George versuchte sich in einer Definition.

„Also ein Schöpfer ist jemand..."

Er brach ab und suchte nach den passenden Worten. „Ein Schöpfer ist quasi ein Mensch wie eine Art Gott, der Dinge aus dem Nichts erschafft."

Sarah überlegte kurz und sagte dann: „So könnte man es auch sehen."

Sie schwieg eine Weile und fügte hinzu: „Für mich ist es allerdings viel simpler: ein Schöpfer ist jemand, der schöpft - und zwar aus dem Vollen, mit einer Suppenkelle oder einem Eimer." Sie grinste George an.

„Das ist wesentlich einfacher, als ständig neue Dinge aus dem Nichts zu erschaffen."

George lachte und nickte.

„Ja", gab er zu, „Kinder sehen wirklich häufig so aus, als würden sie aus dem Vollen schöpfen. Als wären sie mit einer Quelle verbunden, die sie ständig mit Nachschub versorgt."

Auch Sarah begann zu lachen. „Das sind sie."

„Sieht es deshalb so leicht aus, was sie tun? Weil sie immer aus dem Vollen schöpfen?", fragte George ernst.

„Japp", erwiderte Sarah und schob ihren leeren Teller von sich. Dann trank sie einen großen Schluck Tee und lehnte sich in ihrem Stuhl zurück. George wartete auf eine weitere Erklärung. Die ließ eine Weile auf sich warten. Bedächtig räumte Sarah die leeren Teller und Schüsseln vom Tisch und ließ Wasser in die Spüle laufen.

‚Warum sagt sie denn nichts mehr?', fragte sich George verwirrt. Er gesellte sich zu ihr, trocknete das saubere Geschirr ab und stellte es zurück in den Schrank.

Als er die Stille nicht mehr aushielt, fragte er zaghaft: „Warum sagst du denn nichts mehr?"

Sarah lächelte ihn mit blitzenden Augen an.

„Na, ich dachte, du kommst von alleine auf die Antworten zu deinen Fragen. Du hast doch viel gelernt seit gestern." Dann lachte sie ihr helles, warmes Lachen.

„Hab ich das?", fragte George zweifelnd.

„Ich denke schon."

Sarah setzte sich wieder in ihren Sessel und machte es sich bequem.

Dann stellte sie fest: „Du möchtest zwei Dinge wissen. Zum einen: Hast auch du Zugang zu dieser Quelle? Und zum anderen: Wird dein Leben dann leichter?"

Sie blickte ihn an. „Hab ich recht?"

George sah ihr ganz offen in die Augen und sagte:
„Ja, das hast du.“

Er wunderte sich nicht mehr darüber, dass sie seine Gedanken erraten konnte.

„Was meinst du denn?“, fragte sie ihn.

„Tja“, begann er, „du hättest mir diese Geschichte nicht erzählt, wenn sie für mich keinen Nutzen hätte. Also sage ich mal ganz mutig: Ja, auch ich habe Zugang zu dieser Quelle. Und ja, mein Leben ist dann leichter, wenn ich sie gefunden habe.“

Sarah strahlte ihn an.

„Wusste ich doch, dass du viel gelernt hast in der letzten Zeit. Aber ich muss dich enttäuschen. Die Antwort auf Frage zwei lautet: Nein. Dein Leben wird nicht leichter. Du wirst immer noch viele Herausforderungen und Probleme haben. Aber es fühlt sich leichter an, und das macht schon viel aus. Du wirst weniger daran verzweifeln und mehr nach Lösungen suchen.“

„Wie unser Autofahrer, der nicht schimpft, sondern sich Hilfe holt?“, fragte George mit einem Augenzwinkern.

„Ja, genau wie unser hilfesuchender Autofahrer“, nickte Sarah. „Du hast allerdings noch einen entscheidenden Vorteil: du bekommst die Hilfe direkt von der Quelle.“

„Welcher Quelle genau?“, fragte George zögernd.

‚Wenn sie mir gleich von Gott oder Engeln erzählen will, bin ich raus.‘

Dies waren Themen, zu denen er absolut keinen Zugang hatte. Als Sarah antwortete, war er verblüfft, dass sie nicht seinen negativen Erwartungen folgte.

„Die Quelle ist deine Intuition oder dein Bauchgefühl. Es ist der erste Impuls, der dich zum Handeln führt, bevor dein Kopf sein Veto einlegt.“

George atmete hörbar aus. Offenbar hatte er die ganze Zeit die Luft angehalten.

Sarah lachte: „Du dachtest, ich würde dir jetzt hochspirituelle Weisheiten präsentieren. Stimmt’s?“

„Ja“, gab George verlegen zu, „aber eigentlich sollte ich es bei dir so allmählich besser wissen.“

Als er Sarahs Grinsen sah, musste er ebenfalls unwillkürlich grinsen.

„Im Ernst“, meinte sie dann, „Kinder handeln oft nach ihren ersten Impulsen. Sie machen häufig das, worauf sie Lust haben. Je nachdem, wie eng ihre Regeln und somit ihre Grenzen gesteckt sind, haben sie da mehr oder weniger Freiheit zu. Im Laufe der Zeit sammeln wir immer mehr Regeln und Begrenzungen ein, sodass wir immer mehr in unserer Freiheit beschränkt sind. Der Schlüssel, um wieder mehr Freiheit zu erlangen - also wieder mehr aus dem Vollen zu schöpfen - ist, mehr nach seinem Bauchgefühl zu handeln und mehr seine eigene Wahrheit zu sagen und zu leben.“

„Seine eigene Wahrheit?“, fragte George skeptisch.

„Ja, seine eigene Wahrheit“, erwiderte Sarah. „Oftmals denken wir darüber nach, was der andere möchte oder was andere über uns denken, wenn wir etwas Bestimmtes sagen oder tun.“

Sie schwieg kurz und suchte nach den nächsten Worten.

„Versteh mich bitte richtig. Ich bin die Letzte, die sagt, dass man keine Rücksicht auf seine Mitmenschen nehmen soll. Und ich weiß ja auch, wie wichtig es dir ist, andere nicht zu verletzen. Aber ehrliche Rücksichtnahme kann es nur dann geben, wenn ich mit mir selbst im Reinen bin. Also sollte ich mich immer häufiger fragen: Möchte ich das jetzt wirklich oder mache ich es nur, damit der andere mich toll findet?“

„Was ist so schlimm daran, dass der andere mich toll finden soll?“, fragte George.

„Nichts. Es kommt aber auf das Maß an. Wenn ich nur Dinge tue, damit andere mich toll finden, ich dabei aber jedes Mal gegen meine innere Überzeugung handle, dann ist dies ein sehr hoher Preis. Denn dann verleugne ich mich immer mehr, und mein Leben fühlt sich irgendwann nur noch verkrampft an.“ Sarah seufzte tief.

„Und wenn wir Pech haben, vergessen wir mit der Zeit, wer wir eigentlich sind.“

Sie zupfte gedankenverloren an einem losen Faden an ihrem dicken Strickpullover.

„Weißt du was?", fragte sie schließlich, „es ist allerdings egal, ob wir versuchen, es allen recht zu machen oder ob wir mehr unsere eigene Wahrheit sagen und Grenzen setzen. Die Anzahl der Menschen, die uns toll finden, bleibt die gleiche. Das einzige, was sich verändert, sind die Menschen selbst. Es werden dann möglicherweise andere sein. Davor haben wir Erwachsene oft am meisten Angst: dass wir Menschen verlieren. Wir können uns nicht vorstellen, dass andere wertvolle Personen in unser Leben treten und uns bereichern. Auch da sind Kinder offener. Ein selbstbewusstes Kind wechselt zum Teil seine Freunde, es verliert welche und gewinnt welche hinzu. Und es kündigt sogar die Freundschaft an dem einen Tag, um sie am nächsten Tag wieder aufzunehmen. Oder schon in der nächsten Stunde. Hast du schon mal ein Kind sagen hören: Du bist nicht mehr mein Freund!?"

George nickte.

Sarah erklärte: „Das Kind hat in dieser Situation ein ganz klares Gefühl, dass dieser Mensch ihm momentan nicht guttut. Nicht für immer, aber für den Moment. Also endet die Freundschaft. Und wenn sich dieser Zustand ändert, beginnt die Freundschaft von neuem. So einfach ist das. Das Leben als solches ist für diese Kinder ja nicht unbedingt leicht. Sie können von Scheidung betroffen sein oder haben kleine Geschwister, die die ganze Aufmerksamkeit der Eltern auf sich lenken, sodass für sie nicht mehr viel übrig bleibt. Aber diese Kinder nehmen das Leben leichter, einfach weil sie vertrauensvoll immer wieder schöpfen. Sie gehen mit ihrer Kelle immer wieder los. Nach dem Motto: Wenn sie leer ist, hole ich mir eben Neues. Wenn etwas nicht funktioniert, mache ich etwas Anderes. Ihnen fehlt dann die Dramatik hinter den Situationen, die wir Erwachsenen oft haben. Das Leben ist nicht leichter, aber es fühlt sich für sie leichter an. Das ist der Unterschied.“

„Und du meinst, wir könnten diese Leichtigkeit zurückgewinnen?“

„Klar“, Sarah nickte.

„Wie?“

„Indem du jeden Tag ein bisschen mehr auf deine Intuition hörst und dich immer öfter fragst, was du möchtest.“

„Mehr nicht?“, fragte George ungläubig. „So einfach?“

„So einfach.“

Wieder nickte Sarah.

„Hm, einen Versuch ist es ja immerhin wert“, sagte George mehr zu sich selbst als zu Sarah.

Sie stimmte ihm zu: „Das ist es. Es ist immer einen Versuch wert. Egal, was du willst, du musst es wenigstens versuchen.“

George nickte zustimmend und sah ins Feuer, das allmählich weit herunter gebrannt war und drohte, in der Asche zu ersticken.

Sarah stand auf und ging zur Garderobe.

„Ich werde jetzt gehen." Sie zog ihre Schuhe an und drehte sich dabei zu George um. Dieser war ganz verblüfft. Er wollte sie nicht gehen lassen. Nicht jetzt. Er hatte doch noch so viele Fragen. Sarah nahm ihre Jacke und sah ihm direkt in die Augen. Wieder fühlte sich George von diesem Blick umarmt und eingehüllt. Auch dieses Gefühl wollte er noch eine Weile auskosten. So standen sie voreinander, und keiner sagte ein Wort.

‚Wie angenehm Schweigen sein kann', stellte George erneut erstaunt fest.

Sarah machte einen kleinen Schritt auf ihn zu.

„George", sagte sie dabei. „Du musst nun deine eigenen Antworten auf deine Fragen finden. Glaub mir, deine Antworten passen besser zu dir als meine. Trainier deine Intuition, wie du dein Laufen trainierst. In kleinen Schritten immer weiter steigern. Du würdest auch nicht auf die Idee kommen, aus dem Stand und ohne Training einen Marathon zu laufen. Das Gleiche gilt für deine Intuition und das Umsetzen deiner eigenen Wünsche. Fang langsam an und steigere dich. Vor allem sei nachsichtig mit dir, wenn es nicht immer klappt und du in deine alten Grübelmuster verfällst."

Sie grinste ihn an.

„Der hilfesuchende Autofahrer aus meiner Geschichte war einige Zeit zuvor auch mal einer gewesen, der geschimpft hat - und zwar gewaltig."

Sie zwinkerte ihm zu.

„George, ich wünsche dir alles Gute und dass du findest, was du suchst. Es wird immer jemanden geben, der dir weiterhilft."

Sie schwieg kurz und sagte dann: „Es ist schön, dass ich mich noch persönlich verabschieden konnte. Bleib aber bei deinem nächsten Trainingslauf auf dem direkten Weg ins Dorf. Dann findest du sicher zurück. Und nimm dein Handy mit."

Mit diesen Worten drehte sie sich um und ging aus der Tür. George blieb stehen, als hätte man ihn am Boden festgeschraubt. Er konnte immer noch nicht glauben, dass sie weg war. Für immer. Einfach so. Plötzlich fiel ihm auf, dass er sich gar nicht von ihr verabschiedet hatte. Er stürzte zur Tür und riss sie auf. Aber alles, was er sah, war eine Wand aus dichtem Nebel. Von Sarah keine Spur. Nur ihre frischen Fußabdrücke vor der Haustür verrieten, dass sie gerade gegangen war.

„Mach's gut, Sarah", rief George in den Nebel hinein. „Und danke für Alles!"

Er hätte schwören können, dass er ihr helles, warmes Lachen hörte. Und er konnte förmlich ihre Augen vor sich sehen, die ihn anblitzten.

Dann ging George in die Hütte zurück, legte neues Holz in den Ofen und machte es sich auf dem Sofa gemütlich. Er hatte schließlich noch ein paar Tage vor sich. Und so kramte er Sarahs Brief und seinen neuen knallgrünen Stift hervor und begann zu schreiben.

„Welche Situationen und Aufgaben machen mich satt?...“